BAJO LA SOMBRA DE LOS ELEFANTES

BAJO LA SOMBRA DE LOS ELEFANTES
Cristian E. Caroli

Editora: Natalia Álvarez
Portada: Dani Sepúlveda

© Cristian E. Caroli, 2015

Primera edición: Mayo 2015
ISBN 978-1511523097
Registro Safe Creative: 1503253622696

Esta obra está licenciada bajo la Licencia Creative Commons Atribución-NoComercial 4.0 Internacional. Para ver una copia de esta licencia, visita http://creativecommons.org/licenses/by-nc/4.0/.

A mis abuelos Torres y Obdulia.

This is how you do it: you sit down at the keyboard and you put one word after another until its done. It's that easy, and that hard
Neil Gaiman

NOTA DEL AUTOR

Existen varias razones por las que escribir un libro, una de ellas es el odio a los árboles y el uso del papel como un artefacto de venganza. Dudo que esto haya ocurrido en numerosas ocasiones, pero perfectamente puedo imaginar a un niño de 10 años saliendo herido de una ventana rota de un carro en medio de una tormenta jurando venganza luego de un accidente de tránsito viendo a sus padres estampados contra un árbol. Tal vez si los padres de Batman hubieran muerto aplastados por una secoya, Batman hubiera sido un escritor; o un leñador que escribe y así todo su tiempo es dedicado a enfrentar al bosque. El punto es que no siempre se tiene la oportunidad de escribir un libro y matar a unos cuantos cientos de árboles en el camino.

Escribir es un sacrificio, no solo de árboles y mi tiempo sino de muchas más cosas. Pulpos, por ejemplo, si escribiera con tinta de pulpo, cosa que ya tampoco se acostumbra; supongo yo. La verdad no tengo claro cómo se hace la tinta de impresora, aunque a juzgar por su precio hoy en día parece que funcionan a base de sangre de Tom Cruise o unicornios negros. Así como escribir es un sacrificio, no nos olvidemos que hoy en día leer también lo es. Entiendo que si estás leyendo esto es porque no estás aprovechando tu tiempo en aplicar para un trabajo a la NASA o preparando un debate para las Naciones Unidas (las de verdad, no esas simulaciones llenas de nerds que hacen en la universidad con la excusa de ir a Boston a alcoholizarse rodeados de perdedores). Lo que quiero decir es: gracias por leer. En caso que estés leyendo esto en una pantalla, me encuentro más agradecido todavía porque bien pudieras estar consumiendo cantidades industriales de pornografía en un par de segundos pero en cambio estás aquí conmigo y estos personajes.

Ahora bien, quiero declarar que soy consciente que al haber escrito este libro no solo he asesinado árboles, pulpos y soy el responsable que Tom Cruise sufra de anemia, sino que además he frenado el avance de la raza humana un lector a la vez. Si bien puede que yo salga beneficiado por esto —dígase terminar hasta las rodillas en dinero, montado en el dólar, riéndome camino al banco o cualquier otra metáfora que se nos venga a la mente— quiero que sepas que mi verdadero objetivo es hacer que al leer alguna de estas historias tu vida se convierta en algo diferente en algún sentido, y si por alguna casualidad cósmica luego de leer algunos de estos cuentos consigo que sonrías, que te sientas mejor, llores, te vuelvas una mejor persona o que ocurra algo en lo absoluto que no involucre joder a alguien más, mi trabajo habrá sido un rotundo y completo éxito. Y la muerte de árboles, pulpos, unicornios, Tom Cruise, y el sufrimiento de estos personajes, su sacrificio, sus historias, habrán servido para algo. Juntos los habremos hecho existir más allá de las palabras y el papel.

Siendo sincero, habiendo conseguido todo esto —que es más que suficiente— si adicionalmente pudiera hacerme con una buena pelota de dinero, sería de puta madre.

UN ROBOT ENTRA A UN BAR

Estoy entrando a un bar. Soy un robot. No lo digo metafóricamente, lo digo mecánicamente. Sí, mecanismos digitales son los que me permiten articular mi condición de robot. Eso y la batería nuclear que me permite vivir 300 años ininterrumpidos con garantía. Tengo un folleto al respecto.

Entro al bar y me siento en la barra.

—¿Buenas noches?— me pregunta el bartender.

Lo miro de reojo.

—No —Y mantengo contacto visual hasta que él decida interrumpirlo o mis sensores de incomodidad social se disparen. No son buenas noches.

—¿Qué te pongo? —me pregunta.

—Carezco de suficiente información para realizar un juicio de valor sobre las alternativas existentes y tomar una decisión.

El ser humano tiene maneras bastante detectables de demostrar confusión. Pestañear repentinamente es una de ellas. Tendré que explicarme nuevamente: Si tuviera un sistema respiratorio, suspiraría en este momento.

—¿Qué tienes?

—Cerveza.

—Negativo. La consumición de bebidas alcohólicas no tiene efecto alguno sobre mi capacidad de procesamiento o reciclaje de fluidos y nutrientes. Tampoco formo parte de un ciclo de reproducción y selección natural que requiera alteraciones en mi percepción para poder alcanzar el coito.

Más pestañeos.

Estuve a 19 centésimas de segundo de sugerirle al bartender un conjunto de posibles oftalmólogos que pudieran atacar su problema de hidratación ocular.

—No entiendo.

—No puedo emborracharme.

—¿Agua?

—Me oxidaría —En efecto, estoy hecho de metal.

—Tienes que consumir algo para poder estar acá adentro.

Luego de una acalorada discusión, termino untando aceite de motor servido en una copa de Martini con una sombrilla en mis articulaciones de acero inoxidable.

No lo había comentado, pero estoy en un bar de comediantes. Este término no se refiere a que el bar es propiedad de una serie de comediantes, sino que una variedad de comediantes interpretan monólogos cómicos en un escenario. Inesperadamente, nadie se está riendo con la interpretación del humano localizado frente a un telón rojo iluminado desde múltiples ángulos. Nadie se ríe hasta que -luego de un silencio prolongado- comienzan a aventarle fruta al intérprete. Vale la pena recordar que el tomate es una fruta.

Mi sistema registra un aumento bastante significativo en comparación de los registros recogidos de los comediantes anteriores. Definitivamente, este ha resultado ser el más chistoso a pesar de haber adquirido una postura de derrota. Mi circuitería indica que esta postura es parte de su show.

Necesito hablar con él.

—Necesito hablar contigo —le digo al conseguirlo en la barra, ahogando su supuesta derrota en una cerveza minutos después de su show.

El comediante está cabizbajo ensimismado en su cerveza. Típico comportamiento humano.

—¿Qué quieres?
—Quiero conseguir ser tan gracioso como tú.

El comediante suelta una sonrisa que luce su dentadura blanca. Luego hace un despliegue de su dedo medio mientras el resto se encoge en un puño. Asiente cordialmente y decide ignorar mi presencia por completo. Percibo que la conversación ha terminado. Debo haberlo ofendido de alguna manera.

—Vete a la mierda —Y vuelve a su bebida.
Yo vuelvo a insistir con mi petición. —Es en serio.
Un momento de realización cae en sus ojos. —¿Esto es una broma?

—Todavía no. Precisamente eso es lo que necesito, desarrollar un sentido del humor. —Pues estás hablando con el hombre equivocado. A nadie le hago ni puta gracia. Evalúo nuevamente mis resultados. No detecto ningún error de cálculo.

—Negativo. Tu interpretación reportó silencios extremadamente prolongados; usualmente un factor negativo. Sorprendentemente, sin duda fuiste el que consiguió la mayor cantidad de risas y el máximo de intensidad puntual.

—¿De qué estás hablando?

—La secuencia de las frutas.

El comediante se desinfla. No, solo exhala. Mis sistemas lo confundieron momentáneamente con un globo. Detecto dolor. No, no es dolor, es una ausencia total de confianza. Sus niveles de autoestima son bajos. Creo que va a llorar. No, no va a llorar, y eso es peor. Pobres humanos.

—No soy gracioso.

—Se estaban riendo —acierto con contundencia sobre mis observaciones.

—De mí. No conmigo.

—Indiferente. Tu objetivo fue cumplido —No termino de entender su irreverencia.

—Yo no tuve nada que ver. Lo único que hicieron fue lanzarme vegetales.

—Frutas —aclaré. —El tomate es una fruta, indiferentemente de su presencia en las ensaladas de vegetales y su total ausencia en las ensaladas de frutas.

—Olvídalo —respondió el comediante contundentemente.

—¿Entonces por qué se rieron?

—Capaz lanzar fruta es gracioso.

Saqué de mi compartimiento pectoral una toronja y la aventé a unos 80 km/h a una mujer sentada en una mesa al otro lado del bar. La toronja explota luego del impacto en una niebla de zumo y pulpa. Hay mucha conmoción, considerable tumulto y llamados de emergencia. Pero ninguna risa. Algo no hace sentido.

Un tirón del brazo y el comediante me saca del bar.

Nos encontramos caminando ya entrada la noche hacia algún lado y me explica:

—Es difícil entender el humor, no es como si te pudiera escribir una fórmula matemática —me cuenta el comediante.

—Seguramente hay elementos aislables. Los tiene que haber. Establezco duda para facilitar el flujo de información humano-robot.

El comediante duda. —Sí, creo que si mezclas sexo, sorpresa y religión, siempre puedes hacer un chiste.

—¿Debería hablar de los cargos de abuso infantil levantados a diferentes miembros de alto rango de la iglesia católica?

—No.
—Tengo material fotográfico que pudiera.... —¡No!
Mi rostro responde con un fruncimiento programado automáticamente al recibir regaños por parte de humanos. Afortunadamente, los humanos suelen interpretar esta respuesta como debilidad y olvidan mi falta. Esta técnica es copiada del reino animal – más específicamente, de los gatos.
El comediante encoge sus hombros. —A ver, tampoco tiene que ser algo de eso. Puede ser todo lo contrario. A veces las cosas obvias dan risa. Te pongo un ejemplo. Un caballo entra a un bar...
—¿Y es retirado posteriormente por los encargados del lugar para no meterse en problemas con Sanidad?
—¡No! Espérate. El caballo se acerca al camarero y éste le dice...
—¿El camarero entabla una conversación con un caballo?
—¡Escucha! El camarero le pregunta, «¿Por qué la cara larga?»
—No veo el sentido de entablar una conversación cuando los caballos no pueden procesar lenguaje natural.
—¡Ese no es el punto!
—¿Resultado de selección natural?
—¿Qué?
—Supongo que eso es lo que responde el caballo. —El caballo no habla.
No entiendo el chiste.
—Ese es mi punto. ¿Entonces qué ocurre con la pregunta?
—El chiste ya ha terminado.
—No consigo hallar los elementos de sexo, religión y sorpresa en esta anécdota.
Un suspiro.
—Porque no los hay. Al contrario, es obvio que un caballo tendrá la cara larga independientemente de su estado de ánimo.
—Eso no es comedia, es una observación objetiva y fotografiable.
En ese momento el comediante se quedó sin una mejor explicación.
Llegamos a unas escaleras con un grupo de niños jugando rayuela enfrente. La falta de simetría en sus cuadrados deja mucho que desear. El humano saca de su bolsillo un manojo de llaves. Creo que hemos llegado a su casa.
—Hemos llegado a mi casa. —Adiós.
Luego de abrir la puerta y notar que no me he desplazado, el comediante siente una inmensa curiosidad y decide formularme una

pregunta. Duda si hacerlo. Decide nuevamente preguntar: —¿A dónde vas a ir?
—Presiento que esto es una insinuación sexual. Estoy programado para informar que no poseo genitales.
Los niños detienen su juego y fijan su mirada en el comediante.
El comediante hace caso omiso de los niños y posa una palma sobre su frente. —Mi pregunta es si tienes algún lugar al cuál ir.
—No.
—¿Y...?
—No tengo.
—Joder. ¿No tienes un amo?
—Sí, falleció hoy.
Considerando que ha habido más de cinco billones de muertes en la historia de la humanidad, el comediante se estremece considerablemente con esta información.
—¿Cómo falleció?
—Me caí mientras efectuaba una rutina de limpieza en el hogar. Él presenció el hecho, rió abundantemente y me ordenó con las palabras 'deberías dedicarte a la comedia' que, de hecho, me dedicara a la comedia. Luego, murió de un infarto posterior a un ataque de risa.
—¿Así que ahora eres libre?— me pregunta con curiosidad. Siento que mi historia ha generado altos niveles de empatía en el comediante.
—No, tengo que cumplir esta última voluntad para terminar mi contrato de servicio a mi antiguo, y actualmente difunto, dueño. He de volverme un comediante. Por eso acudí a tu ayuda. Hoy no ha sido un buen día.
—Bueno, si lo mataste de la risa... —No lo maté.
—...si lo hiciste reír cayéndote, ¿por qué no simulas una caída y haces reír a alguien más?
Esta idea fue descartada como una alternativa válida luego de 0.000001 segundos posteriores a la puesta en efecto de la orden.
—La tercera ley de la robótica me lo prohíbe. Mi acto de comedia fue un accidente. De igual manera, tiene que ser una presentación oficial de comedia.
—Entiendo.
Luego de un tiempo de procesamiento infinitamente mayor al que cualquier robot pudiera necesitar para llegar a una conclusión, el comediante ofrece una opción.
—Mira, te propongo algo...

***
Tengo una corbatilla roja atornillada a mi cuello metálico. Ha pasado una semana desde que el comediante decidió entrenarme con los más refinados conocimientos de la cultura popular y llenado mi memoria de referencias cinematográficas. He logrado identificar una serie de temas y situaciones objetivamente chistosas y que bajo múltiples muestreos de audiencias tengo garantías matemáticas que resultarán en altos índices de carcajadas.

Las circunstancias son perfectas. Las condiciones son perfectas. Mis cálculos y proyecciones garantizan que poseo todos los elementos que conforman a un comediante. Tengo una rutina de chistes, y he podido descifrar el sentido del humor humano para esta audiencia en particular.

Esperamos detrás del telón. El presentador está a punto de decir los 158 dígitos que representan mi numero identificador de serie y modelo. Cargo mis sistemas al máximo para prevenir cualquier fallo. Siento mariposas en el estómago, por lo que abro mi compartimiento pectoral y dejo salir las mariposas que tengo dentro producto de almacenar frutas para ocasiones inesperadas.

Llaman mi número.

Verbalizar 150 dígitos toma bastante tiempo.

—Buena suerte —me dice el comediante. Salgo al escenario.

Una luz casi me ciega. Ajusto mi visión para neutralizar tanta luminosidad. Ahí se encuentra la audiencia.

Me acerco al micrófono. Feedback, tal como era de esperarse.

—Un caballo entra a un bar —un corrientazo se dispara del micrófono a través de mi casco metálico. Es electricidad estática. Cortocircuito.

Mis transistores se sobrecalientan. Comienzo a segregar aceite por las articulaciones de mis brazos. El micrófono de mi voz hace interferencia. No puedo hablar. Mi sistema motriz tiembla. Mi rutina se pierde en mi sistema de almacenamiento. No sé qué decir.

Volteo y me consigo al comediante. —Vamos... ¡vamos!

Pienso en rendirme.

No puedo hacer esto.

Piensa.

Pienso.

Procesando...

El caballo. El caballo siempre será un caballo. Yo siempre seré un robot.

Descargo de Internet cortesía de Daft Punk -primos míos- una canción. La reproduzco a full volumen. Hago el baile del robot.

El público estalla en risas.

El comediante suelta carcajadas con todas sus fuerzas. No lo veían venir. La gente guarda sus tomates para futuras ensaladas, no de frutas. Mi certificado de propiedad se vence. La última orden de mi antiguo dueño ha sido cumplida.

Soy libre y gracioso.

ENANO TONY

Tony es muy enano. No es un enano, pero es muy enano. Vive en un piso 16 y nunca ha llegado al botón del ascensor. Afortunadamente, nunca ha tenido que sentirse menos persona por eso. Una vez que dejó de vivir con sus padres, Tony pensó en muchas alternativas para poder llegarle al botón. Pensó en dejar un banquito en el ascensor, pero siempre que entraba al ascensor había alguna señora mayor sentada. Incluso una que otra vez alguien ponía periódicos para los vecinos. Esa pequeña trampa nunca terminó de funcionarle como él quería.

Siendo tan orgulloso, Tony no quería molestar a la gente. Un día decidió fingir tener un problema en la rodilla, y así andar con un bastón para alcanzar las cosas. Conseguía presionar el botón del ascensor y le daba pequeños empujones a las cajas a las que no podía llegar en los anaqueles. Hasta que un día corriendo para alcanzar el bus Tony tuvo que soltar el bastón y correr en defensa de su amor por su impecable puntualidad. Un par de conocidos fueron testigos del momento y pensaron que habían presenciado un milagro. Levantaron a Tony en sus brazos y se difundió la noticia que Tony había recuperado su salud milagrosamente, posiblemente por ser tan simpático. Eso y los más espiritualistas hablaban del karma y la justicia divina. La televisión local lo entrevistó y él tuvo que agradecer a sus amigos y familiares por el apoyo. Le enmarcaron el bastón y ahora lo tiene colgado encima de su televisor en la sala. Lo saca de vez en cuando para facilitarse tareas en lugares algo de la casa.

Poco a poco llegar al piso 16 se fue volviendo un dolor de cabeza. No es fácil ignorar unas escaleras cuando cada escalón te llega casi a las rodillas. Tony a veces subía hasta donde le llegaban el dedo -el piso 8- y de ahí 8 pisos más. Eventualmente Tony entendió que la mejor manera de subir bien a su hogar sería que alguien lo ayudara. Entonces decidió que era el momento de buscar amigos que presionaran los botones por él.

Y así empezaron las tardes de películas, cafés con sus amigos y cualquier excusa social
para que lo acompañaran a su casa. Cuando volvía no tenía problemas en llegar a su apartamento. Tony ya no veía el ascensor como un problema, sino como una diversión. Estaba conociendo gente

nueva, particularmente prestándole más atención a sus amigos más altos y subiendo menos escaleras.

Un día, en una fiesta, se fijó en otra joven de su tamaño, muy pequeña ella. Tony se le acercó y comenzaron a hablar. Se divirtieron, gran entretenimiento de baja altura. El encanto de Tony sacudía la fiesta en la que se encontraban, pero el encanto de la chica era la única fiesta que Tony estaba disfrutando. Nunca había conocido a una chica tan pequeña que tuviera historias tan grandes. Entre anécdotas, opiniones y vasos plásticos, dejaron de prestarle atención a la fiesta y terminaron conversando entre un bosque de árboles de pantalones, faldas y bermudas. Al primer silencio incómodo decidieron escaparse.

Tony la acompañó hasta la puerta de su edificio y sonrió hasta que lo invitaran a subir. Ambos se montaron en el ascensor, y una vez dentro, Tony preguntó por el piso para marcarlo. La chica dijo 20.

Tony comenzó a sudar y estirarse muchísimo para alcanzar el botón, pero no llegaba. No llegaría nunca. Por más que lo intentaba, ahí estaba aquel botón infinitamente inalcanzable. Dando brinquitos a las 4 de la madrugada ahí estaba Tony. Le dolían los pies por bailar y solo podía llegar hasta el piso 12. La cara de la pequeña no era tristeza ni decepción, era empatía.

Por un momento Tony pensó en decir adiós, en irse. Luego pensó en pedir perdón y subir por las escaleras 20 pisos. Y luego decidió que iban a subir en el ascensor. Puso una rodilla en el suelo, con un ligero tirón, la encaramó en su pierna, luego en su hombro. Y ya una vez a esa altura ella podía alcanzar todos los botones.

Ella veía el botón de emergencia y contemplaba la pasión contenida en lo rojo de aquel botón. Veía el botón de los bomberos, el que no se presiona sino que lleva una llave. ¡Oh! Si tan sólo Tony pudiera ver eso, él nunca ha visto el botón de emergencia de su casa de cerca, nunca en 6 años. Entonces ella, sobrecogida por las emociones, presionó el PH. Irían a la terraza.

El ascensor subió a la velocidad de un trueno y al abrirse las puertas una brisa les dio
escalofríos. Los dos caminaron hacia el borde del edificio y ella le dijo a Tony: —Qué pequeño es todo desde acá.

Tony le respondió: —Menos nosotros.

LOUIE

Louie era uno de esos niños que no querían ser niños sino un adulto, un niño que se rasca el mentón todas las mañanas esperando encontrar rastros de barba. No era muy distinto al resto de los niños, solo que tenía otras expectativas y mucha prisa en crecer.

Un día fue castigado por no comer sus vegetales. Lo mandaron a su cuarto a dormir temprano. Era tan temprano que aún había sol, tan temprano que podía sonar el teléfono, tan temprano que el pijama daba calor.

Louie decidió que iba a ser un adulto el día siguiente. Buscó en su baúl de juguetes unos lentes con nariz y bigotes falsos, y se fue a dormir con ellos puestos. Tenía que descansar, pues el día de mañana despertaría como un adulto y tendría que salir a la calle a ganarse el pan.

El despertador sonó temprano para Louie, eran las cinco de la mañana. Había pasado algo de frío porque durmió en su ropa interior, puesto que los adultos no duermen en pijamas.

Se metió en la ducha, le picaron los ojos cuando los abrió mientras se lavaba el cabello. Era champú de adultos. Fue a afeitarse, se dejó el bigote de plástico, si se lo afeitaba volvería a ser un niño nuevamente y tendría que ir al colegio. Usó una colonia muy fuerte que lo dejó oliendo a gente inteligente que ve películas de actores con letras en la barriga.

El desayuno era el mismo de siempre, pero tenía que tomar su café. Tomó un par de sorbos, y para no quemarse puso un hielo en su boca. Para poder disfrutarlo le puso azúcar. Louie le puso tanta azúcar que tuvo que hacer de estatua por varios segundos para que el azúcar bajara hasta el borde de la taza. Eso le borró el sabor del café y lo dejó contento.

Ya el tiempo se le estaba haciendo tarde. Casi comete el error de salir sin corbata, lo cual hubiera sido peligroso, después de todo la corbata es lo que mantiene la cabezota de los adultos sobre sus hombros. El nudo lo hizo con los ojos cerrados y pensando en

deudas, camisas de botones y películas de terror. Cuando terminó el nudo Louie inclinó la cabeza a ver si se caía. Prueba superada.

Louie recogió el periódico al salir de la casa. Leyó todas las letras grandes y asintió repetidamente. Saludó al vecino y le preguntó sobre el clima, que estaba igual que el día anterior, como siempre. Como no llegaba a los pedales del carro, Louie decidió ir en autobús. El pasaje le costó una fortuna con la que hubiera podido comprar infinitos caramelos, y al momento de sentarse tuvo que ofrecerle el asiento a la abuela de algún amigo de un amigo. Se imaginó que la señora posiblemente era la mujer más vieja del mundo, seguro estaba cansada de conocer castillos, montar a caballo y viajar en trenes, y aún sorprendida que había gente que llegó a la Luna.

Louie fue médico ese día, como su papá. Tuvo una indigestión horrible, se había comido todas las chupetas. Su mundo se vino abajo al saber que los médicos también se podían enfermar. Afortunadamente, como buen médico, pudo curarse. Como ya no tenía chupetas, tuvo que fingir que todos sus pacientes se portaban mal y no eran merecedores de una. Esto lo hizo sentir mal, pero a la hora del almuerzo salió a comprar más chupetas: Para él y para el consultorio. Tuvo que pagar más dinero del que nunca había visto en su vida por la caja entera, pero no importó, ese era su trabajo.

Al final de la jornada Louie fue a buscar a su mejor amiga, Carlota, para ir a cenar. Ella tenía puestos los lentes de su mamá y los tacones, le quedaban muy grandes. Los dos eran adultos, así que fueron a comer vegetales y cosas que queman la lengua si no las soplas. Pero los adultos no soplan, entonces Louie sacudía su tenedor mientras hablaba con Carlota.

A Louie le molestó tener que pagar toda la cuenta, su madre tenía razón en advertirle sobre las mujeres. Ya al final, al dejar a Carlota en su casa, lo único que ella hizo fue llenarle de saliva el cachete como los adultos hacen. A ella le quedó la lengua con sabor a colonia de señor con barba y a Louie un pegoste con olor al helado que pidieron de postre.

Se hizo de noche, y Louie caminó de vuelta a su casa rápidamente, apurándose entre poste de luz y poste de luz -Louie le tiene mucho miedo a la oscuridad-. Al llegar, se quitó sus lentes con nariz falsa y bigote, y se fue a dormir, más tarde de lo que nunca se había ido a dormir en su vida.

Había sido un día diferente, pero Louie se dio cuenta de que todavía quería seguir siendo niño.

A la mañana siguiente Louie despertó. Tomó leche con chocolate, usó su champú con olor a caramelo y jugó con dinosaurios toda la tarde luego de ir al colegio. Ahora cuando va al médico ya no pide chupeta y planea volver a salir con Carlota cuando sean adultos otra vez. Como quería que eso pasará dentro de poco, decidió comer sus vegetales para crecer más rápido.

MEMORIAS DE MARIO #1

Hace tiempo volví del Castillo con muchas preguntas. Aparentemente, Honguito recibió órdenes de construir una estatua en mi honor. De nuevo, Luigi se sintió apartado por esto, pero esa no fue mi mayor preocupación.

Honguito me preguntó por mi apellido para tallarlo en la placa. Te digo, me quedé paralizado. Al principio dije Bros, pero ese no es mi apellido. Fue una puta locura, amigo. Luigi y yo somos Los Hermanos, por lo tanto, bros. Entonces, ¿cuál es mi apellido? Nuestro apellido.

Traté de armarme de valor para llamar a Papá y preguntarle algunas cosas, pero simplemente no pude. Me fui al Ayuntamiento a obtener una copia de mi certificado de nacimiento. El campo estaba en blanco. Es como si no tuviera apellido alguno.

Lo difícil no fue cuando traté de mirar al pasado, sino cuando busqué de pensar en el futuro. Si de hecho consigo construir una relación con la Princesa, ¿cómo llamaré a mis niños? ¿Marioson o algo así? Simplemente no lo sé.

Por ahora, le dije a Honguito que dejara la placa como está y se concentrara en asuntos más importantes como los permisos y la ceremonia de de presentación. Espero que no haya notado nada raro en mi actitud, más aún, espero que no le haya mencionado nada a la Princesa. Las cosas no están yendo tan bien como deberían y no necesito más complicaciones.

TOKIO

Las luces de Chicago no pintan nada en este escenario. Mis tobillos se sacuden como si no hubiera un mañana, y tal vez no lo hay. Moriré por dentro en 5:56 minutos. Eso es lo que dura *Sweet Child O' Mine*. Estoy cantando y no soy Axl Rose.

Vengo uno de cada dos jueves, y uno de cada dos jueves canto esta canción. Me paro en este escenario y navego mi peso alrededor de mis cadenas, mis pies barren el suelo y mi corbata hace de bandana. En mi mente soy el hombre más cool de Tokio. Ya no tengo que mirar a la letra de la canción y solo abro mis ojos cuando llega el solo de guitarra eléctrica.

Ahí es cuando la veo. Olivia.

Es su canción. Esta canción no fue escrita para ella y yo no puedo cantarla tan bien como ella lo merece. Mierda, ni siquiera puedo cantarle su canción. La veo directamente a los ojos uno de cada dos jueves y me pregunto *where do we go now?* y la respuesta me muerde por dentro. A ningún lado.

Atrás de mí, un proyector dibuja velas y planos generales de una granja. Sus ojos brillan, y mis ojos -con la picazón del sudor que gotea de mi bandana- le pertenecen.

La canción termina y todo lo que dejé en el escenario muere conmigo. Las luces se prenden de nuevo, veo el brazo de Max alrededor del cuello de Olivia. No están juntos, pero es su chica y *Sweet Child O' Mine* tampoco es mi canción. Qué estúpida es esa canción, ella también lo es. Es mi deber saber eso, la amo.

Me siento de vuelta con el resto del grupo. Todo el mundo piensa que los que cantamos karaoke estamos borrachos o con resaca. No estamos borrachos, solo cantamos karaoke. Ni siquiera bebo. Bueno, sí bebo, agua con gas. La música nos enloquece porque la amamos, no porque ya hayamos amado el alcohol. No importa. ¿Quién puede juzgarnos acá? Nadie. Todos cantamos. Y los que no cantan, nos aman.

Nunca volverán a ver a esos rockstars de los ochentas cantar de nuevo. Somos todo lo que ellos tienen. Y estamos jodidamente orgullosos, al menos yo lo estoy. Pero para Olivia esto no es suficiente.

—Eso fue hermoso, Ray —me dice. Me sonrojo y me pregunto si solo lo dice por educación o por honestidad. —Sí, tienes buenas caderas —me dice Max. Él sabe que eso fue bajo. No importa. No desperdiciará más tiempo conmigo. El resto del grupo requiere su atención. Max hace unos cuantos chistes acerca de su Nuevo corte de cabello y chasca los dedos para hacer llegar un trago Nuevo. Así de cool es, chasca los dedos y la gente hace lo que él quiere. Yo no siquiera sé hacer esa mierda de los dedos. No importa.

Charlie y Martha se paran para cantar un dúo. *Broken Wings* comienza a sonar. Ellos son una gran pareja. Charlie la sostiene por la cintura y fisgonea las letras en la pantalla. Es muy casual. Amamos fingir que nos sabemos la letra de las canciones, pero no siempre es verdad. De eso trata el karaoke: Puedes hacer trampa; si no, seríamos cantantes.

No chasco mis dedos, voy al bar como una persona normal, no un idiota que se cree la gran cosa.

—Un agua con gas y una cerveza, por favor —le digo al bartender, Hoshi, el japonés dueño del local.

—¿Una cerveza? No me lo esperaba de ti, Ray. Se sorprende. Estoy a punto de decepcionarlo. —No es para mí.

Me llevo los tragos.

Él sonríe. —Una chica —me dice.

No me gusta que se ría, pero me uno. Brindo con las copas en mis manos y le lanzo un guiño a Hoshi.

—Esos van por la casa, Donjuán —agregó.

De la nada está un novato cantando *Working For The Weekend* a todo pulmón. Es un desastre. Ni siquiera bajan las luces para los nuevos. Ellos se tienen que ganar la
oscuridad, se tienen que ganar el escenario. Y si te ganas el escenario es porque te ganaste al público.

Vuelvo a mi sitio y, mientas me acerco, veo un mojito nuevo en la mano de Olivia. Me siento como un idiota. Claro que Max le compró un trago con un chasquido. Hijo de puta.

Me ve sosteniendo la cerveza. Escondo el agua con gas en mi espalda y la coloco en el suelo mientras me siento.

—¿Estás bebiendo? —Olivia levanta una ceja en admiración.

—Tú me conoces. Soy impredecible —le digo. Bebo un sorbo de cerveza. Me sabe a mierda. Lo odio.

Brad brinda conmigo. —Bien, miren esto. El niño ya está creciendo —dice. Los demás se une al brindis y empujo un nuevo sorbo lo suficientemente pequeño como para hacerme pensar que es agua con gas. Lo acompaño con un eructo fingido para terminar de hacer pensar que bebí un trago digno de un hombre.

Max tiene su sonrisa más sádica. No entiendo por qué, pero se congela con el mojito en la mano. Algo hace clic en su cabeza y vuelve a su velocidad normal con un chasquido de sus dedos. —*Buffalo* —dice, mientras sus dedos forman unos cuernos en su frente.

Hijo de puta.

Todo el mundo se ríe. Martha me da una palmada en la espalda. Estoy en shock. No puedo sacar mis ojos de Max, no hasta que lo mate en mi imaginación. Ahora yo soy el idiota congelado con un trago en la mano.

Jugamos este juego llamado *Buffalo*. Si tomas así sea un sorbo de tu bebida con tu mano izquierda y alguien dice «Buffalo», tienes que beberte todo el trago de una sola sentada.

Olivia sonríe y lentamente empuja la botella de cerveza hasta mis labios. Ella despliega la sonrisa más grande que tiene. Y bebo toda la botella más rápido de lo que debería.

I'm So Excited suena en algún lugar fuera de mi cabeza. Odio esa canción. No voy a tener un dolor de cabeza, pero seguro no tendré los huevos para mantener esta cerveza en el estómago.

Olivia suelta unas inmensas carcajadas. Sacude sus hombros al ritmo de la canción y me guiña el ojo. Se bebe su mojito de una sentada. Con su mano izquierda. Todo. Y automáticamente la amo todavía más.

Salta al escenario.

Se van las luces.

Ella canta.

No es viernes, pero estoy enamorado.

Ella no hace trampa, ella canta. Esto no es karaoke, es talento. No importa el color de las luces, su mirada es lo más brillante del escenario. Estoy hipnotizado, la cerveza da vueltas en mi estómago y su voz retuerce mi corazón.

Su mandíbula gira a un lado con cada *beat*. Se levanta el cabello y revela un cuello suave como la seda. Su blusa se cae de un hombro y la tira roja de sus sostén se marca como si el encaje estuviera tatuado en su piel.

Max empuja mi mandíbula para arriba.

—Se va, lo sabes —me susurra.

—¿Qué dices?

Sé exactamente lo que está diciendo.

Max se recuesta en su silla. —Gané. Vamos a Los Angeles. Ella va a cantar sus propias canciones.

Se va. Peor, se va con él. Luego de todos estos años hablando de Hollywood y de cómo él pudiera impulsar su carrera al estrellato, finalmente la convenció.

—Ella no es tu chica.

Mi mano se convierte en un puño.

Max se muerde el labio y niega con su cabeza.

—No, vaquero. Pero lo será. Y no es una cuestión de suerte, es una cuestión de tiempo. Siempre lo ha sido. Nos vamos en una semana. Esta probablemente es la última canción que escucharás de sus labios.

La cerveza finalmente sube por mi estómago y me escapo corriendo al baño. Golpeo la puerta y vomito en el inodoro. Vomito cerveza y agua con gas mientras *My Favourite Game* de The Cardigans hace eco a través de la puerta. Trato de levantarme agarrándome del dispensador de preservativos. Esto no fue la cerveza, fue la noticia.

Veo al espejo que sigo usando mi corbata como bandana. Me limpio la cara con un poco de agua fría. Me acomodo lo mejor que puedo, corbata y todo, seco mi cara y golpeo el dispensador tan fuerte que docenas de profilácticos de distintos colores y tamaños caen al suelo. La diversión va por mi cuenta hoy.

Max está cantando cuando salgo. Es un estúpido fan de Michael Jackson. Y está cantando *Beat It*, que es lo que quiero hacerle. Todo el mundo está bailando. Un idiota derrama su trago en mi camisa, lo cual no me importaría si no tuviera granadina. El lado izquierdo de mi camisa tiene una mancha roja.

Se disculpa. —Lo siento, amigo.

—No somos amigos, imbécil.

No, solo estoy teniendo un mal día. Este no soy yo.

Veo a Max y verlo actuar como Michael Jackson solo me hace desear que termine igual que él. A la mierda, no me importa él.

Agarro a Olivia por el codo. —¿Te vas a Los Angeles? —le digo.

Me toma por la mano y esquiva mi mirada. —¿Cómo lo sabes?

—No puedes —agrego. La agarro con más fuerza. A ella no le molesta.

—¿Por qué no puedo?

No tengo palabras. No puedo decirle esto. No puedo dejarla romper mi corazón, ya tengo suficiente granadina en mi camisa.

No digo nada.

—Eso pensé.

Olivia se va.

Me quedo con dos opciones: o me voy a casa o me voy a la barra, y necesito un trago.

—Agua con gas, por favor.

Hoshi me sirve un bourbon.

—No bebo alcohol —le dije. Empujo el vaso.

Me lo empuja de vuelta. —Más te vale comprar algo costoso luego de romper el dispensador de condones.

Me sorprendo. —¿Cómo...?

—Te sangra la mano, tu chica se va y necesitas un trago. No soy vidente, pero sé lo que está pasando.

Me quito la corbata y la envuelvo alrededor de mis nudillos sangrientos. —Ella no es mi chica. Y, además, ¿cómo sabes?

Hoshi friega la barra con unas gotas de ginebra barato.

—Me dijo que Max le pidió que fuera con él a Hollywood.

—¿Y?

—Y eso es todo lo que sé. Soy el bartender, no su madre. ¿Qué vas a hacer al respecto, amigo?

—No sé. Sentirme miserable, supongo.

Pruebo el Bourbon. Y me río de mí mismo. —Soy un perdedor. Estás cantando las canciones de alguien más, riéndote de tus propios chistes y enamorado de la mujer de otro. No creo que seas un perdedor, pero sí, estás perdiendo —me digo.

Veo a Hoshi, y detrás un espejo. Observo mi reflejo. En el espejo tengo el trago en la mano izquierda.

—*Buffalo* —me digo a mí mismo. Me bebo el bourbon de una sentada y salto al escenario.

Hoshi corta la música y le dice a la gorda que estaba cantando *Ironic* de Alanis que saque su trasero de ahí. Mis rodillas tiemblan y sacudo el sudor de mi frente con mi corbata.

Feedback en el micrófono. Clásico.

—Quiero dedicar esta canción a Olivia — y hay feedback de nuevo.

Arranco con la canción. Es *Runaways* de The Killers. No estoy cantando. Estoy diciendo la verdad. Sé que ella está en la multitud, pero no trato de fijarme en ella por buena parte de la canción. Cambio la letra.

Black hair blowing in the summer wind
A brown eyed girl playing in the sand

Es la 1:04. Todo es por ella. La amo y se va. Esta no es mi canción, ella no es mi chica, pero así me siento.

No veo el monitor, no me importa el salvapantallas con fotos de archivo siendo proyectadas detrás o las luces de neón coloreando mi rostro y haciendo brillar las lágrimas en mis ojos. *We are just runaways*.

Estoy cansado, sangrando, borracho, solitario y cantando. Esta no ha sido mi mejor noche.

La canción termina, y yo también.

Oigo el aplauso, y me siento agradecido. Hoshi aplaude con las manos sobre la cabeza y silba como un vaquero; muy poco americano.

Tomo mi abrigo y me voy del bar sin decir adiós. Afuera del local está nevando y recuerdo que no estoy en Tokio.

Siento un tirón de mi brazo. Es Olivia.

—No puedes irte —me dice.

—Sí puedo. Es tarde y ya canté todo lo que quería cantar.

—No, no puedes irte.

—Tengo que hacerlo — le dije. Me doy la vuelta.

Ella tira y me besa en la boca. —Ahora todo tiene sentido, ¿no?— Y vuelve a entrar. Voy a la calle y extiendo mi brazo por un taxi.

¿Qué estoy haciendo?

Caí en cuenta. Siento todo mi torso cálido y mi estómago absolutamente vacío. Mi lengua se moja y saboreo el trago de alguien más -un mojito-. Un taxi se detiene delante de mí, pero no importa. Entro de Nuevo y Olivia está detrás de la puerta esperando por mí.

En el karaoke está sonando *Tell It To My Heart*

—Tengo algo que decirte…

La beso. La canción dice todo lo que tengo que decir.

MEMORIAS DE MARIO #2

Gané la carrera, lo hice. Y hay mucha controversia con Donkey y todo el asunto de la banana. Tengo que declarar oficialmente que no pienso que lo hizo con la intención de hacer trampa, no hay reglas respecto al uso de frutas y el solo fue a por todas. Para mí, usar la banana es un recurso válido cuando está regulado, pero ahora no fue una acción segura y por eso fue penalizado.

Saquemos algo del medio, Donkey fue el primero en lanzar caparazones a los otros vehículos y nadie dijo nada, pero esto ha ido muy lejos. El otro día estaba comiendo una banana y no tenía donde botar la concha. No iba a ensuciar mi (futuro) reino, así que la puse en la guantera. No esperé a la carrera para aprovecharme de mi dieta como hizo el mono. Si ese mono está lanzando caparazones e historias, ¿entonces por qué estamos corriendo? Más bien deberíamos aventarnos cosas hasta matarnos. No es seguro.

Entonces Donkey suelta estas ridículas declaraciones: «Es porque soy un mono, porque vengo de la selva. Ese italiano de mierda está lleno de odio» dijo. Hermano, esto no es acerca de la carrera o las especies, es acerca de velocidad y seguridad. Yo gané la carrera, probablemente no fue la manera más limpia, pero fue una manera y fue tu culpa. Fueron tus acciones las que llevaron al desenlace de la carrera. No te odio, en lo absoluto. solo resiento el hecho que yo haya puesto mi vida en juego en esa pista por tu culpa. La penalización era necesaria y me sentí debidamente compensado por esa bala gigante que me dieron y con la que pude remontar. Fue una decisión de los jueces, yo no tuve nada que ver. Y una cosa más, no hay beneficio o victoria que compense seguridad. Honestamente.

Pienso que la federación debería discutir el incidente de la banana para la siguiente temporada. Es un peligro para los vehículos y la integridad de la carrera, pero no importa. Ahora gané, con justicia. Y no, Donkey, ellos no te castigaron por ser un mono.

Quiero ganar, pero quiero vivir. Mi imagen se ha visto ensuciada por los recientes cargos de dopaje luego de mi viaje a Amsterdam y mi carrera no necesita esta discusión.

CONEJO LUNAR

Se encontraban el conejo y el hombre de la Luna tomando cerveza al borde de un acantilado viendo hacia la tierra.

—¿Tú crees que vendrán a buscarnos? —dijo el conejo con una mirada perdida entre el horizonte blanco y las estrellas detrás de la Tierra.

El hombre pensó en todos los que pudieran querer venir a buscarle.

—¿En serio? Ni a patadas vienen por nosotros, se olvidaron. Ya van 5 años, ¡yo ya he perdido la esperanza!

- Dicen que eso es lo último que se pierde.

El hombre pensó si ya había perdido todo lo demás. Y sí, había perdido todo.

Hace mucho tiempo que el conejo y el hombre viven en la luna. Cuando me refiero al hombre no me refiero a la humanidad, sino a un solo hombre. Un simple caballero con su camiseta de Pink Floyd y unos Converse rojos desgastados. Ellos siempre caminan por el lado iluminado. Rara vez se acuestan en el lado oscuro pues se hace de día a los pocos minutos, y es un fastidio caminar por la superficie irregular de la Luna con almohada y cobija. A veces, cuando la línea de luz a penas se escapa, pueden llegar al lado oscuro con un gran brinco y seguir durmiendo como si nada.

Era un día de invierno lunar cuando el hombre vio al conejo mirando hacia la Tierra. —¡Hey, conejo! ¿Qué miras?

—Viendo a mi coneja.

—¿Puedes verla desde acá?

—Claro, está ahí en una esquina, por Latinoamérica.

—De verdad tienes que estar enamorado para ver un conejo allá abajo. Desde acá no veo nada.

—Sí, bueno, y tú tienes que estar loco para venirte a vivir a la Luna.

—¡Hey! solo quería estar solo un rato. No esperaba que esto se fuera a extender.

—Te entiendo perfectamente, aunque yo no creo que haga falta en la Tierra. El mundo ya está lleno de conejos.

El conejo sacó un envase de jugo y comenzó a beberlo. Le ofreció un poco al hombre.

—¿De qué es? —preguntó el hombre.

—Jugo de luna —respondió el conejo al beber el trago.
—Oh, ¿es de queso?
—Sí, como todo aquí.
—Lástima que yo sea intolerante a la lactosa —dijo el hombre. Él sacó un paquete de sardinas de su bolsillo y se comió unas cuantas.
—Sí, por lo menos así puedes ahorrarte la tentación de comerte el suelo. Si alguien me hubiera dicho que la luna estaba hecha de queso, hubiera pensado dos veces antes de subir acá. Terrible para la dieta. Cuando llegué todo estaba liso. Ahora mira, huecos por todos lados—. El conejo arrancó un pedazo de luna y lo sumergió en su vaso de jugo y lo comió como un ponqué. —De todas formas nuestro trabajo es muy fácil, yo creo que lo podría hacer una sola persona.
—Capaz es para que esa persona no se sienta tan sola—.
El conejo le lanzó una mirada condescendiente. —Me voy a dormir —dijo. Cogió su almohada y pegó un brinco hacia el lado oscuro de la luna.
El hombre tiró de la funda de la almohada y el conejo rebotó contra el suelo al ser llevado por la fuerza del tirón.
—¿Qué pasó? —preguntó el conejo aturdido.
—¡La vi! Vi a la coneja en la Tierra —respondió el hombre.
—Eso solo significaba una cosa. ¡Estás enamorado! —celebró el conejo. —Es hora de poner los planes en marcha.
El hombre no terminó de entender al conejo. —No entiendo —le dice.
—Así es el amor: Complicado.
—No, no entiendo por qué tengo que estar enamorado. solo vi la coneja en la Tierra. El conejo chascó los dedos. —Exacto.
El hombre rascó su cabeza.
—Oh, ustedes los seres humanos no entienden nada. Te explico: Allá en la Tierra si me ves a mí en la Luna, significa que estás enamorado. Pero si ves la coneja desde la Luna, entonces es que alguien está enamorado de ti—.
—¿Quién dice?
—Digo yo.
El hombre asintió.
—Bueno, hora de poner los planes en marcha.
El conejo llegó emborrachado con una botella de vino vacía en la mano.

—Me bebí este vino para poner en él una carta que mandaremos a la Tierra diciéndole al amor de tu vida que venga a la Luna —dijo el conejo. Luego eructó y se desmoronó en el suelo.

—¿Y por qué no agarraste una botella de agua? —preguntó el hombre.

El conejo no descartó la idea e hizo una mueca de admiración. Luego sus hombros saltaron del hipo.

—¿Y por qué una botella, Conejo?

—Lo más seguro es que la botella caiga en el agua, obviamente.

—¿Caiga?

—Sí, vas a escribir una carta a tu enamorada, decirle que venga y luego esperaremos a que venga.

—¿Y cómo sabemos que funcionará? —dijo el hombre. El conejo se mordió el labio y dudó de ofrecer una respuesta sincera.

—Lamentablemente, no lo sabemos. El amor a veces no funciona. Muchos piensan que cuando no funciona, no era amor en primer lugar. Falso. El amor es amor. Cuando te preguntas si es amor, es porque es amor. Cuando te preguntas si fue amor, fue amor. Pero igual falla.

Honestamente, el hombre no sintió ningún problema con esta afirmación. —Pero no conozco a la persona a quien va dirigida la carta.

—Exacto. Pero lanzarás la botella. Ese es el primer paso, y posiblemente el último que podrás dar.

Y así se sentó el hombre a escribir:

«Querida, tanto tiempo sin vernos.

Te escribo y espero desde la Luna.

Aún no nos conocemos pero ya quiero que estés acá a mi lado. Quiero que me enseñes a bailar y veamos el amanecer varias veces en un día.

Trae galletas, la Luna está hecha de queso.

Te amo».

—Muy bonito —señaló el conejo mientras enrollaba la nota para luego lanzarla con todas sus fuerzas contra la superficie de la Tierra. Y con un lanzamiento digno de un deportista olímpico, la botella se enrumbó hacia el océano Atlántico.

—Y ahora a esperar.

Esperaron.

Luego esperaron más.

El hombre decidió lanzar una nueva botella. Decidió colocar el mismo contenido de la primera, pero la lanzaron a un océano diferente.

Esperaron aún más.

Pasó el tiempo. Con el tiempo se lanzaron más y más botellas a más y más océanos, pero ninguna señal. Siempre el mismo mensaje, siempre la misma esperanza.

Hasta que un día se acabó el papel y el vino. La única abundancia: la resaca del conejo. El hombre se quedó sin vino para matar la soledad y sin papel para describirla. Los días se hicieron cada vez más cortos, incluso para estándares lunares. Y poco a poco el tiempo iba erosionando los sentimientos, y los sentimientos a su vez iban erosionando al hombre.

Los días dejaron de ser cortos y la esperanza dejó de ser grande. El hombre estuvo a punto de rendirse, luego recordó que no tenía nada más que hacer sino esperar. El conejo siguió siendo conejo.

Cuando parecía que nada iba a cambiar, todo cambió. Al hombre lo despertó un sonido nuevo, un sonido que nunca lo había despertado antes. Y al correr hasta la fuente del sonido se consiguió con una nave espacial. Por lo general, las naves espaciales siempre tienen un astronauta. Una astronauta, mejor dicho. El conejo ajustó sus orejas para oír si ese corazón era de hombre o de mujer. Los corazones de mujer laten más rápido, porque aman más, y eso se complementa con los de hombre que laten más fuerte porque aman por más tiempo. O al menos eso decía ese libro que el conejo piensa que debería existir para poder decir esas cosas con propiedad.

El conejo fue corriendo a buscar al hombre. Cuando volvieron, el hombre sabía qué pregunta hacerle a la astronauta.

—¿Trajiste galletas?

La astronauta respondió sacando tres píldoras de galleta de su bolsillo; comida de astronauta.

Así empezó la tarde. El hombre le mostró a la astronauta la baja gravedad entre saltos y piruetas, le recordó no quitarse el casco pues allá arriba no hay oxígeno y todas esas cosas que te explican en la Tierra antes de ir a la Luna pero siempre te tienen que recordar, como el pararse detrás de la línea amarilla o no saltar a las vías del tren.

Después de tanto jugar se quedaron sin aire. Saltaron lo más alto que se podía saltar, contaron todas las estrellas que se podían contar, no se pidieron disculpas cuando sus manos se chocaron al andar y luego se entrelazaron por el resto del día. Se sentaron sobre el suelo de queso a recuperar el aliento y ver el mar de la Tierra arriba del horizonte de la Luna.

—Vuelve conmigo —dijo la astronauta.

El hombre no se lo esperaba. —Sí —respondió con cariño. Ella se levantó para buscar su nave.

—Pero espera, no puede ser tan fácil.

La astronauta pensó una respuesta monosílaba, y se dio cuenta que la podía mejorar. — No lo fue. Fue difícil. ¿Cuántas botellas lanzaste? ¿Cuántas cartas escribiste? ¿Cuántos años esperaste?

—¿Y el resto de las botellas?

—Algunas fueron abiertas y descartadas, otras dentro de ballenas y tiburones, unas se rompieron con la caída y el resto a la deriva en altamar.

—¿Y si alguien más consigue una botella y decide venir? ¿Cómo sé que esto no es un error? ¿Cómo sé que esto está bien?

La astronauta lo besó a través del casco. El cristal se manchó de pintalabios y de haber habido atmósfera, el hombre hubiera empañado el casco.

—No lo sabes. Amor es dejar el resto de las botellas flotar. — Vámonos.

Y se fueron.

MEMORIAS DE MARIO #3

Otro día, otro castillo. Creo que mate un lagarto hoy. No sé cómo sentirme al respecto. Me gusta pensar que hacer caer a Koopa en la lava fue algún tipo de justicia divina. La verdad sea dicha, fue my mano la que haló esa palanca, y sé que tendré que vivir con eso en mi conciencia. Cierta inteligencia me dice que puede que no haya acabado con él, que pudiera resistir a la lava. Un enemigo difícil. Sin embargo, es la misma inteligencia que me informó de la locación de la Princesa. Ella está en otro castillo.

Le pedí disculpas a Honguito por abofetearlo luego que me dijo que la información era errada. No me pude controlar, fue como si un demonio se apoderara de mí y abofeteara los hongos de ese hongo.

Mamma mia, el hijo de puta descifró todo. Nos hizo una buena jugada con ese castillo. Estaremos radiando un nuevo castillo más adelante en la semana. Hay conversaciones sobre una operación subacuática, pero no puedo confirmar esto. Definitivamente me adentraré en una laguna infestada de pirañas por esta mujer. El Reino la necesita y yo la amo, amigo.

Por ahora, espero que Koopa esté muerto y a la espera que la gente del Reino tenga una buena noche de sueño ahora que ese bastardo se fue. Aún hay mucho trabajo que hacer. No voy a rendirme, no puedo rendirme. Esto fue una gran victoria, pero la lucha no termina. Voy a matar a todos si tengo que hacerlo.

ACCIÓN

Mike «Hollywood» Cardigan tiene un problema de desgaste en los huesos gracias a sus 50 años y una vida llena de peligro que recuerda mientras está bebiendo una cerveza en un bar. Se gira, y desajusta un poco su corbata negra, delante de él hay 3 policías. En la parte de atrás de su cintura hay un revolver, en la parte de adelante no hay nada que funcione. Para cuando Mike decide desenfundar ya es muy tarde, lo llenan de plomo.

Su cuerpo vuelva sobre la barra y se estrella contra las botellas de alcohol. Mike cae al suelo. Hay sangre en todos lados y adrenalina en todo su cuerpo. Espera que una voz lo despierte. El set comienza a entrar en calor, el equipo de rodaje aplaude, también el director.

—¡Corte! Muy bien, Hollywood.

Mike se levanta lleno de sangre, prende un cigarrillo y con la primera calada tose como un perro viejo rodeado de humo. Bebe un sorbo de su té helado que se hace pasar por alcohol.

El director se acerca al combo. Se quita las gafas de sol para evaluar la toma. Rasca su barba y luego con un gesto de aprobación de su pulgar felicita a Mike de lejos.

—De puta madre —le dice.

—Gracias, jefe —responde Mike. Este director sabe lo que hace. No es la primera vez que trabajan juntos, pero para Mike siempre puede ser la última. Cuando se es doble de acción, nunca se sabe.

Al lado del director está JJ con sus veinte años y su cara con piel de culo de bebé vestido igual que Mike. Le extiende una mano.

Mike nota el cigarrillo sobre la oreja de JJ.

—JJ. Mike Hollywood. Soy todo un fanático —dice JJ con más respeto que emoción.

Mike le da la mano y lo mancha con sangre artificial. JJ se preocupa al ver su vestuario manchado.

—Tranquilo, no es tuya —. No pareciera que Mike está bromeando.

—¿Queda? —le pregunta al director.

—Queda. Fue perfecta.

—Anda a cambiarte, chico —. Sin más.

Mike le guiña un ojo con el rostro en seco a JJ y comienza a irse.

JJ no se queda callado.

—¿Algún consejo de un perro viejo en este negocio?

Mike no sabe si sentirse insultado porque le llamaron perro viejo o porque le pidieron un consejo.

—No te caigas de culo, cachorro.

JJ se ríe, sabe que ha perdido la partida. Este negocio es una mierda, todo va de experiencia, pero cuando tienes la experiencia ya eres muy viejo para andar saltando explosiones y recibiendo coñazos.

Mike se aleja, tose con más fuerza. Tose sangre. La sangre de sus pulmones se confunde con la sangre artificial de la escena. Lanza el cigarrillo.

Mike decide que es hora de llevar sus botas al médico. Se sienta frente del doctor con su chupa de cuero, unos tejanos y su casco de moto sobre el escritorio. Mike nunca se ha sentido inferior a ningún profesional lleno de diplomas. Cuando Mike se quitó la camiseta el doctor vio cuales eran sus diplomas: Sus cicatrices.

El médico tiene su peor cara. —Pinta muy mal, Mike. Las probabilidades son de 10 a 1. Estás en un avión con 90% de probabilidades de venirse abajo.

—Me he montado en alguno de esos antes.

—No fuera de cámara.

Tiene un punto.

—Me han matado tantas veces que nunca pensé que me iba a morir.

El médico lo ve cómo si vinieran más malas noticias. Todo siempre se puede poner peor, incluso peor que el cáncer de pulmón.

—Y está lo de tu póliza de doble de acción.

—¿Qué hay de ella?

El médico duda en hablar por más que Mike haga aparentar que puede soportar cualquier cosa.

—Tu póliza de rodaje se vence en 2 meses. No pasarás los exámenes de salud. Y no podrás rodar hasta que te cures.

—O hasta que me muera.

El doctor asiente. —O hasta que te mueras, sí.

Mike dibuja su mejor cara de póker. Usualmente le tocan papeles donde tiene que fingir que le hacen daño, no está acostumbrado a actuar para esconder el dolor.

Es difícil imaginar la caída desde el suelo, pero es muy fácil desde un quinto piso en una azotea. Desde ahí se para Mike, viendo hacia abajo. Como tantas veces, dispuesto a desafiar a la gravedad y perder la partida.

Abajo hay un colchón. Siempre hay un colchón. Hay cámaras, y el equipo de rodaje.

El asistente grita por el megáfono: —Ok... ¡ESTAMOS TODOS LISTOS! ¿Hollywood, estás listo?

Mike no responde. Da un pequeño paso a su izquierda, luego otro. Y uno más. Ya abajo no está el colchón. Imagina su cuerpo esparramado contra el asfalto. Al lado su fantasma. No, es Tony Manzano, el protagonista. Está vestido igual que él, pero al lado del director y con muchos millones de dólares más en la cuenta bancaria.

Tony habla con el director. —Se va a notar que no soy yo. —No — responde el director.

El asistente sigue jodiendo. —¡¿MIKE?! Responde, coño. Y vuelve a tu puta marca que estamos con un 200 y nos vas a joder el foco si te sigues moviendo.

Así no puede ser. Su última toma no puede ser una mierda. Qué jodido es no querer ser el centro del universo. Lo más importante es la película, siempre la película.

Mike vuelve a su marca. Alza el pulgar.

—¡OK! Todos a primera. ¡CÁMARA RUEDA, ACCIÓN! Silencio en el set. Mike se lanza. Cae sobre el colchón.

La caída es impecable. El director asiente y sonríe contento. —Corta — le dice a su equipo.

—¡CORTE! —grita el asistente.

Tony se emociona con la secuencia. —Joder, qué mierda que ya no me dejen hacer mis escenas de riesgo. Esto se ve de puta madre.

—Ni lo sueñes. No te pagamos una fortuna para que te mates en el set —le dice el director. Luego, le silba a Mike. —Gran trabajo, hombre. Impecable.

JJ le ofrece ayuda a Mike para levantarse. Mike pasa de él. No quiere sentirse débil aunque ya no le quedan energías para el resto del día.

Mike y JJ van de salida del set.

Tony se siente grande y JJ no duda en darle una lección de humildad.

—Siempre pensé que el gran Tony Manzano hacía sus escenas de riesgo —dijo JJ.

Al director no le hace gracia el comentario. —Si se me mata el prota imagino que tú terminas la película. Que digo, terminamos todos en la calle. Respeta un poco, novato.

A Mike le hace gracia que el director sea el que decida quién es novato y quién no. —Hey, Hollywood tampoco es de hierro, jefe—. JJ no sabe cuando callarse la boca. Al cruzar la esquina Mike le pone una mano en el pecho a JJ y lo frena en seco.

—Escúchame bien. Si vuelves a hacer otro de esos comentarios que ponen a estrellitas a jugar en el parque, y que dejan a personas como tú y yo sin trabajo, te corto los huevos. Y sin huevos no puedes hacer esta mierda. ¿Capito?

JJ se queda frío, pero no se quiebra. Tiene huevos. —Capito — responde. —Capito.

***

Mike espera su primera sesión de quimioterapia.

Llega una enfermera joven, rubia, en sus veintes. Algo despierta dentro de los pantalones de Mike. La chica le remanga el antebrazo. Hay cicatrices, todas viejas. Son cortadas e inyecciones. Mike una vez era adicto a más que la adrenalina.

La enfermera no esconde su sorpresa. No se lo esperaba.

—Viejos tiempos antes de Hollywood —le cuenta Mike.

—¿Antes? No me imagino el durante.

Y su mente viaja en el tiempo. Mike se enamoraba todos los días y despertaba con el corazón roto. Dependiendo del rodaje, también una pierna.

—Ya sabes lo que dicen, lo que no te mata...

La enfermera sonríe, sabe que es verdad. —Siempre quise ser actriz. Siempre he querido ir a Hollywood —le dice la enfermera, derramando nostalgia de sus ojos.

La misma historia de toda la vida. Chicas lindas que piensan que ese valle es un paraíso. Piensan que lo que está detrás de cámara tiene el mismo glamour que aquello que está delante. Y una mierda. Todo es una mentira, pero mientras estás ahí te lo crees. Mientras estás ahí no dejas de mirar las luces brillantes y drogarte para que brillen más. No sabes con quién acostarte para llegar más lejos así que te revuelcas con quien sea. Esa ciudad llena de excesos que acaban contigo antes que tú acabes con ellos.

—Hollywood es un estado mental.

La enfermera pone a funcionar la máquina.

Ella no termina de soñar despierta. —¿Habían chicas como yo en Hollywood?— pregunta con frescura y curiosidad. Como si ninguna respuesta pudiera decepcionarla. Mike casi siente su piel con verla, igual a la de tantas mujeres que pasaron por su vida. Compara los ojos de aquella enfermera con los ojos de esas actrices que le ofrecieron toda la suavidad que nunca tuvo enfrente o detrás de cámara.

—Miles —le dice Mike.

Se decepciona, porque la verdad duele. Eso es algo que sí ha aprendido Mike. Detrás de cada salto, cada explosión, no hay un héroe que se levanta. Hay una espalda adolorida, analgésicos para dormir y un cigarrillo como única recompensa.

—Pero es fácil saber quién lo va a lograr allí —dice Mike, buscando consolarla. —¿Cómo?

—Porque los que lo logran no pueden conseguir más nada.

El catéter de la intravenosa que envuelve su antebrazo se llena de líquido.

En el set los cables de las luces del plató se enredan por el suelo.

Mike intercambia dos balas de un revólver en su camerino. De salida cruza por una mesa llena de armas de salva. Recoge un revólver idéntico y lo cambia por el suyo.

—Todos a primera, por favor —pide el asistente.

Mike va hasta su marca. Se para de último en una línea de 3, el segundo es JJ.

Tony recoge el revólver. Apunta al primero de los 3.

El director da indicaciones.

—Ya sabes, Tony, dispara dos veces.

JJ está de pie en seco al lado de Mike. Él ni se inmuta. En 30 segundos estará muerto.

—Esto no me funciona. Hollywood, salte de cuadro. Tony, solo dispara cuatro veces, dos por cabeza. ¿Va?

Mike duda en salirse. No lo hace. —Hollywood, ¿qué esperas? —¿Seguro, jefe?

—Sí, seguro.

—Pero no veo el problema. El cuadro quedará vacío.

Hay un silencio incómodo. El director pareciera que va a matar a alguien sin necesidad de un arma de fuego. Mike se sale de la escena.

Tampoco así, piensa Mike. No está bien romper las reglas, no en este negocio. —Ok, estamos listos. Sonido, cámara, ¡Acción!

Mike escucha los 4 disparos, faltaron 2. Le sabe mal seguir vivo. Ya llegará otro día.

El equipo se prepara un nuevo stunt. Hay una moto en set, esta película da para todo. Mike camina hacia ella, pero primero llega Tony. Los dos se miran, visten igual.

—¿Qué es esta mierda? —pregunta Mike.

—Voy a hacer mis propios stunts —dice Tony. Por supuesto.

El director se voltea hacia su asistente.

—No me digas que se te pasó avisarle.

—Mierda. Lo siento, jefe. A ver, Hollywood, hablemos...

Hace caso omiso, se monta en la moto y la prende. Tony la apaga y le quita las llaves. Da unos pasos atrás sacudiendo las llaves en la cara de su doble de acción.

Mike se baja de la moto y lo sigue lentamente.

—Yo conduzco —le dice a Mike.

—Solo quiero hacer mi trabajo —responde Mike con muchísimo respeto y humildad.

El director se levanta de su silla.

—Mike, no hagas esto difícil. Déjale las llaves a Tony.

JJ se acerca y coloca una mano en el hombro de Mike para calmarle.

—Profe, tranquilo. Dejemos al prota divertirse un rato.

Mike se sacude la mano de JJ del hombro.

—Dame las putas llaves o tendremos un problema muy serio —dice Mike, cabreado hasta la médula.

Cae en cuenta que es la primera vez en su vida que le da una orden directa a un actor. Ya sabe que esto es un error. Como buen doble de acción, sabe que esto no va a terminar bien.

El director toma el megáfono. —Mike, esto va en serio. Acá se hace lo que yo digo. Anda a tomarte un café y ya hablaremos de esto.

Hay tensión. Tony sonríe y con un gesto de su dedo índice frena el discurso del director. Al final del día siempre los que tienen la última palabra son los que tienen el dinero, no los cojones.

—No es para tanto. ¿Quieres las llaves?

Tony extiende las llaves para Mike. Cuando él las va a coger, rápidamente Tony las quita del medio y vacila a Mike.

—No eres tan rápido como antes, ¿no?

A Mike se le cruzan demasiados cables al mismo tiempo y le revienta un sólido puñetazo en la nariz a Tony. Siente con sus nudillos cómo le rompe el tabique y la sangre que comienza a caer lo confirma. No, no es artificial.

El director se queda pasmado.

Mike pasa de todo, se va. JJ lo sigue. —Joder, Mike. Tranquilo. ¿Qué pasa?

Mike se voltea para golpear a JJ, pero éste esquiva el primer golpe, le frena en seco con la mano el segundo. Le suelta el agarre luego de un ligero forcejeo y lo deja ir. JJ es más fuerte y más rápido, como debe ser cuando eres más joven.

—¿Vas de estrella o qué coño?

—De meteorito —dice Mike antes de irse para el carajo.

***

Su habitación está llena de humo de tabaco y las fotografías con las grandes estrellas de la época. Es un muro de leyendas que él ayudó a construir, murió cientos de veces como alguien más. Duda si pudiera morir siendo él mismo. Siempre había llevado las balas de los demás, nadie llevaría la de él.

Sus memorias no son de bares, mujeres y drogas. Todo eso quedó en el olvido. En su muro solo hay películas, hazañas. Son recuerdos de muertes. Morir una y otra vez solo para levantarse y morir de nuevo.

Siempre hay peligro cuando hay maquillaje, así seas un doble de acción o una prostituta. Recuerda las pelucas, los disfraces los aplausos del equipo. Eso y el ocasional estreno al que cordialmente era invitado cuando se partía un hueso luego de alguna hazaña.

El teléfono suena, Mike no contesta. Se activa el contestador. Es el director.

—Mike, me llegaron los papeles del seguro. Coño, ya entiendo todo. Mira, yo creo que todo va a salir bien. Tony aún anda un poco cabreado. Ya sabes cómo es él. Igual lo de la nariz fue demasiado. No importa, ya se le pasará. El jueves grabamos la secuencia del choque. Si quieres pasarte y supervisar un poco, estaría bien. Te hará bien. Y, Mike, saldrás de ésta. Y... volverás, siempre lo haces. Volviste en Hollywood, lo harás acá también.

La llamada termina. Mike rompe a llorar.

Tony se encuentra en su camerino aspirando coca. Le duele la nariz al aspirar, así que termina el polvo que le queda pasándole la lengua al pequeño espejo en el que se hizo la línea. Su cortada en el tabique está maquillada. Tiene puesto su vestuario, una chaqueta de cuero y pañoleta alrededor del cuello. Le cuesta creer que le están pagando 20 millones de dólares por verse tan bien.

Es momento de salir al set. Al abrir la puerta llega otro puñetazo. Cae al suelo inconsciente.

El Mustang del 67 está encendido esperando por un piloto. El asistente está más estresado que nunca con su megáfono.

—¡TONY! ¡Estamos esperando!

El auxiliar de producción llega cabizbajo a avisar del retraso. —Ya viene. Le llamé hace 5 minutos —dice.

El asistente le apunta con el megáfono a la cara. —Joder, eso no lo hace llegar más rápido, hijo de puta. Vamos que nos quedamos sin sol. Pero... míralo ahí. Ahí viene.

Mike camina hacia el Mustang con sus gafas de sol y la pañoleta tapándole la boca. Pasa de largo del equipo, se mete en el deportivo. Nadie lo reconoce, piensan que es Tony.

La primera reacción de Mike es acelerar el Mustang con fuerza, no sin antes colocarse el cinturón. La costumbre.

A su lado en el asiento del copiloto está JJ. Sabe lo que está pasando. Mike se baja la pañoleta, revela su rostro y sus miedos. Hasta acá llegó su aventura. Comparte un minuto de silencio con JJ. Ambos pasean sobre la situación.

—¿Algún consejo? —pregunta JJ.

No lo va a delatar. Por primera vez en su vida, alguien se llevará su balazo.

—Haz que revisen los extintores con fuego real. Frótate relajante muscular antes y después de las caídas así no duela. Haz ejercicio en las mañanas que no hayan rodajes. Bota el aire de los pulmones antes de simular golpes en el estómago. Y no caigas de culo. Nunca. Mejor de lado y amortigua con los brazos, cuadra más fácil en edición.

JJ se pone el cinturón de seguridad. Mike se suelta el suyo. —¡RODAMOS AUDIO!

El técnico de audio asiente.

—¡RODAMOS CÁMARA!

—Cámara rueda —indica el primer asistente del director de fotografía.

JJ tiene una pregunta más.

—¿Y acerca de Hollywood?

—Esto es Hollywood.

—¡¡ACCIÓN!!

Mike acelera.

El Mustang arranca.

Mike sonríe, está a máxima velocidad.
Las llantas deslizan, esquiva dos motocicletas.
La explosión ocurre en el momento justo. Una bola de fuego por el retrovisor y viene la secuencia final.
La vida de Mike «Hollywood» Cardigan pasa por sus ojos. Lo que ve es redundante: En su vida solo hubo asfalto, velocidad, fuego y acción.
El Mustang se estrella en seco contra el muro. Solo JJ se baja del bólido ileso. La sangre en su camiseta no es suya.
Queda.

POLAROID

Mi cartelera está forrada de fotografías instantáneas. Cada una es un momento. Algunos momentos son de fiesta, otros son viajes y detalles de mi vida. La gente que está delante de mi cámara son los que están delante de mis ojos. Esa es mi posesión más querida, y mi tortuga.

Me llamo Ina, tengo dieciocho años, me gustan las películas de los setenta y tengo puesta una camiseta gris con el logo antiguo de Batman. No me queda, era de mi hermano mayor. Me tengo que poner mis lentes.

Hola, estoy embarazada.

Marca positivo. Un más. No hay nada de positivo en esto. Suena una explosión en la película que estoy viendo. Apropiado.

Le tomo una foto con mi cámara instantánea. Una imagen vale más que mil palabras. Maldita sea. Me tomo una foto del rostro para acompañar.

Necesito un DeLorean.

Tengo que dar explicaciones. Para eso saco un par de fotos de mi cajón. En una de las fotos estoy de mochilera por Egipto. Sí, Egipto. Pirámides, Esfinges, camellos, drogas, alcohol. Egipto. En la otra foto estoy besando a un chico.

Creo que mejor pongo las dos fotos que acabo de tomar en este cajón y pasamos de todo. No, verdad que no puedo. Eso ocurre cuando estás embarazada y el chico de la foto no es tu novio.

Me guardo las fotos en el bolsillo. A ver qué sale.

***

Me voy a visitarlo, me consigo con un dinosaurio. Bueno, es un disfraz. Los dinosaurios no existen. Existieron, ya no. Me acerco a él. Abrazo al dinosaurio.

—Te amo —me dice.

—Gracias —le respondo. Y muero un poco por dentro. ¿Nos amas, querrás decir? No soy tan ocurrente.

Se quita la máscara y pone de lado el cartel que sostiene que dice «Los precios más antiguos en electrónica». Ahí está Nacho. Me da el beso más incómodo del mundo. Su rostro está bañado en sudor, en consecuencia, también sus labios.

—Te extrañé. ¿Qué tal Egipto?

Bien, me acosté con otro. Estoy embarazada. ¿Tú?

—Bien. ¿Qué tal el verano?
—Caliente. Lo cual es raro considerando que no estabas conmigo.
Me siento mal. No puedo hacerle esto vestido así.
—No puedo creer que estés trabajando vestido de dinosaurio —le digo. —Este es un trabajo digno de un hombre, déjame decirte.
—Estás vestido de dinosaurio.
—Y tengo que hacerles justicia. Míralo como un homenaje a los muertos.
Lo odio. Es encantador y trabajador y yo soy la zorra preñada de algún narcotraficante egipcio.

Antes de imaginar un nuevo discurso para informarle de mi embarazo, saca de su bolsillo una barra de chocolate derretido. Maldice por dentro.

Yo solo le tomo una foto al detalle. Le escribiré en el pie *Lo último bueno que hizo por mí antes de llamarme puta*.

Nos vamos al bosque. Amo este lugar, lástima que no vendremos más nunca. Saco las fotos de mi bolsillo. Capaz si solo le muestro las imágenes me puedo ir sin decir nada. Eso estaría bien.

—Nacho, te tengo algo que contar...
Un flash me ciega.
Está enfrente de mí sosteniendo una cámara analógica. —Feliz cumpleaños —me dice. Y sonríe.
No sonrías, hijo de puta.
Yo solo trato de recoger mi mandíbula.
—¿Qué es esto?
—Una cámara. Es como la tuya, pero más nueva y mejor.
No le quiero decir que no es instantánea. Es lo más bonito y costoso que me han regalado en la vida.
—¿Trabajaste todo el verano para comprarme esto?
—No todo el verano -qué inocente- pero un par de semanas las ahorré. Eso y pasear perros.
Creo que espera un beso. Yo creo que voy a vomitar.
—Tengo que ir a darle de comer a mi tortuga.
Estoy en la parada del bus. Me iré a casa y no resolveré este problema. La Ina del futuro sabrá que hacer. En un par de horas me preocuparé por esto.
—¡Suelta eso, Guillermo! —grita una madre.
Maldición. Esa seré yo. Ahí está la señora embarazada pegando gritos por su hijo.

—Mamá, mira lo que encontré —clama el mocoso con una rana en las manos.

Qué asco.

—¡Suelta eso y ven para acá, Guillermo! —De un manotón le tumba la rana y cualquier historia que tenga en la mano.

Sí, ahí está el futuro. Esta mujer debe tener 10 meses de embarazada. No sé si está preñada o va a explotar.

No quiero terminar así.

El bus pasa por delante. Hay una valla:

CON AYUDA VIENE LA ESPERANZA
PREVENCIÓN DE SUICIDIO 555-1AYUDA
HAY AYUDA DISPONIBLE PARA TI O PARA ALGUIEN QUE ESTIMAS.

Le tomé una instantánea.

Compro una caja de chicles y uso el cambio para llamar de un teléfono público. —Hola, me llamo Elvis.

Gracias por llamar. Estoy acá para ayudarte.

—¿Quién le pone a su hijo Elvis?

—Fanáticos de Elvis que no saben distinguir la mitomanía y el futuro de sus hijos sobrellevando llamarse Elvis. Suficiente con mis padres. ¿Qué tienes?

Creo que voy a escupir el chicle y trancar el teléfono. Me tragué el chicle.

—Estoy embarazada—. Primera vez que lo digo en voz alta. Creo que voy a vomitar.

—Entiendo. Ok, a ver, ¿por qué piensas que el suicidio es el escape?

—No me cambies el tema.

—Disculpa, ¿pero de qué me estás hablando?

Verdad. Llamé a una línea suicida.

Un balón de fútbol golpea la cabina, un mocoso viene a buscarlo. Creo que voy a matarlo y reemplazarlo por lo que tengo en la panza.

—Pues no lo sé. Hablamos de la sinceridad, la vida, el aborto, la traición. ¡No voy a suicidarme!

—Todavía. —¿Eh?—

Ya no sé qué decir.

—Mira, eso sonó mal. No soy muy bueno en esto de ayudar a la gente. Agarré este trabajo porque necesitaba algo medio tiempo en la universidad y se me viene bien tratar de hacer algo bueno por los demás.

Irónicamente, el operador de la línea suicida parece querer suicidarse. —Nadie es perfecto—. Clásica frase. Nunca falla, nunca sirve para nada.

En ese momento pasa una ambulancia. —Oigo una ambulancia.

—Sí, estoy llamando de un teléfono público. —¿Para qué?

—Para que no me rastreen la llamada, obviamente.

—Vale. Creo que sí pudiera darte un par de consejos. ¿Ya fuiste al médico?

***

Y eso hago. Qué genio.

—Tienes VPH —me dice el médico.

—¿Entonces no estoy embarazada?

Mi ginecólogo no parece estar tan impactado por la noticia como yo. De hecho, le importa una mierda.

—Eso ya lo sabíamos. Estás embarazada y tienes una enfermedad venérea—. Se quita los guantes. Sí esos guantes con los que tocó allí abajo. —Tienes que hablar con tu pareja al respecto.

—Mi novio no tiene la culpa.

—¿No? Intervención divina, entonces. solo conozco un caso así. Estamos hablando del bebé, ¿no? O del…

—Y levanta una ceja y lanza una mirada a mis caderas.

Cierro con fuerza las piernas.

—Ninguna de las dos—. Se me van las ganas de vivir. Para encima me da los resultados en una fotografía que parece una polaroid. Me ahorró tener que pasar la cámara allá abajo.

—¿Qué le voy a decir a mi novio?

El doctor muy calmado me llena el récipe y ni se molesta en mirarme a los ojos.

—Bueno dile que estás embarazada de 4 semanas y tienes un virus provocado por el contacto sexual sin protección y hace falta una intervención quirúrgica que para

eliminar unos tejidos. Y que deberíamos usar preservativos cuando estemos juntos,— le digo a Elvis sin soltar la respiración.

—Tu ginecólogo es muy elocuente.

—No quiero abortar, Elvis. No quiero ser la chica que aborta.

—Bueno, te cuento que aún si no abortaras, seguirías siendo la chica con VPH y la chica que le pone cuernos al novio. Títulos poco halagadores.

Suena un pito y me voy a quedar sin tiempo en la cabina. No tengo monedas en el bolsillo.

—Necesito cambio —le digo a Elvis.

—Si lo dices metafóricamente, sí. Si te refieres a monedas, entonces dudo que de todas formas tengas dinero para un aborto. Revisa tus opciones. Rompe el chochinito, que digo, cochinito.

Eso hice.

No había nada ahí dentro. Luego descubrí que el condenado cochinito tenía una tapa. Cabrón.

Nada, me toca vestirme de dinosaurio. Estoy en mi descanso. Tengo quince minutos para un café y un cigarro. Capaz esto me ayuda a abortar. No engaño a nadie, ni siquiera sé si quiero abortar. Lanzo el cigarro, el café nunca.

—Estúpido bebé —digo y luego suspiro. —¡MAMÁ! —grita un niño.

Me asusto al pensar que es conmigo. No lo es, no lo conozco. Pero está perdido y voy a ayudarlo. El pobre ha estado llorando. Tendrá máximo 7 años.

—¿Estás bien?— le digo mientras le limpio los mocos con la manga de mi disfraz.. —¿Por qué estás vestida de dinosaurio?

—Para pagarme el aborto.

—¿Qué?

—Nada.

Debería comenzar a comportarme como una persona educada. Veo que tiene las trenzas de los zapatos desamarradas. Le hago un nudo doble para que no le vuelva a pasar.

Averiguo la dirección del niño. El chicuelo se la sabe de memoria, igual que el número de teléfono de su madre.

Sin más, le compro un helado y caminamos hasta su casa. Es muy educado cuando no está llorando y sonríe porque tiene helado. Me cae bien.

—¿Cómo te trata tu mamá? —le pregunto con bastante curiosidad. Capaz no es tan difícil la cosa.

—Bien, supongo.

—¿Supones?

—No creo que haya madres malas.

—La tuya te perdió en la calle —le dije sin ninguna clase de filtro. No debí haberle dicho eso. No le gustó.

Debe ser mala madre, pero el muchacho igual es listo. Se sabe las direcciones de memoria y tiene claro cuál es su helado favorito. Yo aún no he decidido eso. Especialmente porque es algo relativo a la cantidad de sabores disponibles en la heladería.

Y llegamos a la casa del niño. La madre lo abofetea y le monta un discurso.

—Hijo de puta, ¿dónde estabas metido? Estaba tan preocupada. Esta ha sido la peor hora de mi vida. No se te puede dejar solo ni un segundo. Estuve a punto de llamar a la policía.

La mujer me agradece el favor y me da dos monedas por el helado. Ya sé en qué voy a usarlos.

—Hola, Ina —Contesta Elvis.

—Pensé que no podías rastrear llamadas.

—Tengo identificador de llamadas. No soy policía, solo tengo capacidad de retención.

—Puedo hacer esto. Puedo ser madre —pienso en voz alta. Si ya lo es la puta esa.

Elvis no comparte mi entusiasmo. —Oh, ¿Ya terminaste el curso de Maternidad por Correspondencia? La última vez que hablamos estabas reuniendo para pagarte un aborto y de la nada decides que vas a traer un ser humano al mundo cuando lo último que te dijo el médico es que por favor usaras protección al acostarte con alguien. Estoy siendo objetivo, ¿o no?

Y ahí se muere el Sueño Americano de la casa con el jardín y el perro. —No todo puede ser para mal.

—Ina, las cosas no son para bien o para mal, solo pasan. Uno luego resuelve y trata de quedar mejor que antes. Un niño no es solo una mascota a la que le das de comer.

Mi tortuga.

Dejé el teléfono guindando. Olvidé de colgarlo, tal como olvidé darle de comer a mi tortuga desde hace días.

Sin más, me toca enterrarla en el jardín. Voy a decir unas palabras de duelo luego de clavar la cruz de madera con su primera instantánea pegada a ella con el chicle que vengo masticando desde hace 2 horas para no llorar.

—Querido Donatello, quiero que sepas que te... soy una mierda. Lo siento.

Comienza a llover. No, son los aspersores automáticos de mi casa.

Tengo entendido que el proceso de recoger las cosas de tu mascota es doloroso. Lo es, pero es bastante fácil recoger una pecera de tortuga. No es como si una tortuga tuviera juguetes y huesos gigantes que muerde todo el día hasta que llegas a casa y te espera sacudiendo la cola y saltando. Igual estoy llorando. Es una mierda ser niña y estar embarazada. Me pongo emocional.

Tomo mi teléfono y marco el mismo número de siempre.

—Hola, me llamo Elvis. Gracias por llamar. Estoy acá para ayudarte. —Hola.

—Veo que ya no tienes miedo que rastree la llamada.

—No puedo ser madre. Lo siento, y gracias.

Primera vez que digo eso. No me dan ganas de vomitar. Es un comienzo.

—Sabemos que aprendimos algo cuando terminamos dando las gracias o pidiendo disculpas. Eso lo leí en una revista de salud al lado de los crucigramas.

—Creo que todo saldrá bien, Elvis. Creo.

Siento una sonrisa del otro lado de la línea. Al menos me gusta pensar que es así. —Cuando quieras, Ina. E, Ina, tarde o temprano toca.

—¿Qué?

—Crecer.

—Hey, Elvis... eres el rey.

Ahí termina la llamada. Las despedidas son redundantes.

***

Estamos de vuelta. En el bosque mágico con los atardeceres inolvidables a donde no podré volver más nunca porque me recordará al lugar donde le hice daño a la única persona que se ha preocupado por mí sin poseer vínculos sanguíneos o legales.

Me siento en la grama, me siento estúpida. Nacho todavía está vestido de dinosaurio. solo sabe que son malas noticias.

Coloco una foto delante de mí. Es Egipto.

Coloco una segunda foto. Soy yo besándome con alguien más.

Ahora pudiera poner la foto de la prueba de embarazo, pero no. Sé lo que hará. Sé que él es joven y me quiere. Y dirá que nos encargaremos entre los dos. Que todo va a salir bien. Olvidará lo anterior. Pasarían mil cosas que no me merezco. No es su problema, es mi problema. Y por más egoístas que suenen esas palabras, es lo menos egoísta que he hecho en mi vida. Lo mejor que puedo hacer es hacerle daño.

Paso de la foto. Le muestro la imagen del examen médico

—Esto es una marca producto del VPH que tengo por acostarme con alguien más.

Fin. Tomo mi cámara y le tomo una foto a Nacho. Quiero recordar siempre este momento solo para no tener que volver a repetirlo. Una cicatriz en analógico.

Él se pone de pie y antes de llorar se pone la máscara de dinosaurio. Toma dos fotos más. Una se la queda él. Otra me la da a mí. Y se va. Nunca lo vi llorar.

Siempre recordaré este momento. Capaz volveremos, no lo sé. Pero no seremos las mismas personas, al menos fuera del papel de fotografía.

Luego es una cita con el médico, camillas, unas pastillas y todo termina. Estoy con un dolor de vientre y un corazón roto. Aún así llego a la casa, con un cachorro que adopté entre manos. Saco las fotos que tengo en mi gaveta y las pego en el corcho. Y pego la polaroid de Nacho, y la mía.

El cachorro se llamará Elvis y yo haré las cosas bien esta vez. Luego le tomaré una foto. Ahora solo quiero vivir este momento.

MEMORIAS DE MARIO #4

La verdad, esto está del carajo. Acabo de llegar a Amsterdam y es GENIAL. Vomité en las cloacas, agradable olor. Y hay hongos en todos lados. No les voy a mentir, perdí a Luigi en el Distrito Rojo y puede que haya preñado a una tortuga.

Estoy tan drogado que ni siquiera sé cómo estoy escribiendo. No sé si estoy escribiendo de mi iPod, mi laptop o solo hablando en voz alta en el medio de la calle. He tenido tantos hongos que creo que me voy a convertir en un puto pokemón. No estoy volando, estoy en el medio del espacio esnifando supernovas.

Entré en un supuesto *coffee shop* para comprar un latte y me trajeron tantos hongos que debo haber ganado más de 99 vidas. Me metí tanto de eso, no tienen idea. Ahora oigan esto, salí del *coffee shop* y me conseguí a Luigi besándose con un hombre, lo juro por Dios. O no. Capaz lo aluciné. De todas formas, ¿a quién le importa?

Usualmente tengo que romper ladrillos y matar algo para conseguir hongos, ¡pero acá solo pago por ellos y listo! Incluso le arranqué un mordisco a la cabeza de Honguito, pero estaba tan fumado que ni se dio cuenta.

Amsterdam es DE PUTA MADRE. Cambio y fuera.

ROCANROL ROMEO

Una pareja se está jugando amor eterno afuera de la cafetería. Es muy temprano para esto. El muy imbécil acaba de sacar un anillo de compromiso, creo que voy a vomitar la ventana que me separa de ellos. Saltan de alegría. Sonríen como si estuvieran hechos de chocolate. Les hago un corte de manga. Mi vida es una mierda.

Claro, siempre pudiera ser peor, no soy un niño de África. Tampoco soy un adulto de África sin un brazo que fue cortado para evitar que vote aunque no planeaba votar en primer lugar. Esas cosas.

Mi vida es una mierda en el plano moderno, que es el plano que honestamente me importa. No quiero caer en comparaciones baratas pero —para mis estándares— mi vida es una mierda. Capaz si esto fuera 1942 en medio de la Segunda Guerra Mundial, mi vida sería una mierda por otros motivos. En lugar de sufrir porque estoy embarcando a matar —o ser matado— por alemanes sufro que todo el mundo parece ser feliz menos yo. Incluso los niños de África no se ven que la están pasando tan mal. Al menos están mejor acompañados.

Llega Charlie a la cafetería, se sienta y pide un café con un silbido como si estuviera haciendo un hechizo de magia para invocar a la mesonera. Lo peor es que la chica llega con el café de toda la vida.

Está a punto de decirme que reconoce haber llegado tarde.

—Llegué tarde. Lo sé —Así es Charlie, listo, joven y elocuente. Igual que yo, pero él es más atractivo y con una vida que no lo ha tratado tan mal.

—Yo también llegué tarde —Me sonríe.

—José Amo de la Puntualidad de la Casa Reloj llega tarde. Fuiste a buscar tus cosas, ¿no?

—No —le mentí. Sí fui.

—¿Entonces por qué tienes un cepillo de dientes en la mesa y una bolsa de papel? Estoy a punto de esconder mi cepillo de dientes pero Charlie se me adelanta.

—Sí, fui a buscar mis cosas —confieso con miedo a un discurso barato de superación personal propio de un mejor amigo.

—¿Y todo lo que tenías que ir a buscar cabe en una bolsa de papel?

—¿Te causa gracia? —No me gusta nada su tono de burla y estoy de mal humor.

—Solo pregunto. No te estreses.

Debí haber escondido la bolsa, pero ya Charlie la está vaciando. Saca mi cactus, una llave y una palanca de lata de refresco.

—Al menos ahora tienes una copia de la llave de tu piso—. Charlie revisa dentro de la bolsa nuevamente.

—¿Y el perro?

Creo que lo voy a matar.

—¿¡EN SERIO ESTÁS BROMEANDO CON ESTO?!

—Joder. Relájate. Solo pregunto...

—Se quedó con el perro. El perro y mis bolas. ¡¿Feliz?!

Charlie toma la pieza de aluminio y siento como si tuviera en sus manos porcelana china de la Dinastía Ming.

—No puedo creer que anduvieran por la vida con estas mariconadas guindando en el cuello. ¿Por qué sigues usando el tuyo?

En mi cuello cuelga una tira de cuero que sostiene una pieza de lata de refresco. Como si todavía tuviera 15 años y poco cerebro. Ya no tengo 15 años, pero no me siento más inteligente.

—Costumbre —respondo.

—Una costumbre que terminó hace 4 meses —me revira. —Una costumbre que duró 5 años.

—Y que debió haber terminado hace 2.

Touché.

Charlie amaga que suelta la pieza dentro de mi refresco. Arrebato mi bebida de la mesa con la velocidad que me faltó antes y busco de beber un sorbo casualmente. Mi arranque resulta todo menos casual. Charlie se muerde una mejilla y sabe que acaba de ganar la discusión. Pensaría que se siente victorioso si no fuera porque me está viendo con desaprobación y lástima. Él vuelve a su café y yo vuelvo a sentirme como un perdedor.

—¿Podemos cambiar el tema y dejar de hablar de latas de refresco? —le imploro.

—Seguiré con mi monólogo de costumbre.

En ese momento entra ella a la cafetería. Es bella, atractiva y dulce. Sus ojos son ladrones, el izquierdo roba besos y el derecho su puta madre qué bella es. Llega igual que siempre, indiferente al mundo, indiferente como solo aquellas personas que entran a una cafetería llegan.

Yo fijo mi mirada en ella. Creo que estoy hiperventilando, pero al contrario, simplemente estoy aguantando la respiración. Tengo un botella plástica de kétchup en la mano, la aprieto con fuerza y la salsa brota contra el cristal.

A Charlie todo esto le importa bien poco porque aún no la ha visto entrar. solo me ha visto poner cara de idiota y manchar la ventana. La chica le pasa al lado, él le ve el culo. Tiene buen culo.

La sigo con la mirada hasta que llega a la barra. Cuando nuestros ojos se encuentran, volteó rápidamente. Casi tenemos contacto visual. Estoy avanzando.

Charlie me está viendo como si hubiera descubierto petróleo debajo de la mesa.

—Esta chica quiere acostarse contigo.

—¿Qué?

—Que te quiere ver en ropa interior, tensión sexual no resuelta. Chispas de chocolate en el aire. Mariposas en el estómago. Quiere que le arranques la ropa. No sé, bro.

Creo entender por qué Charlie me está diciendo esto. —Te has vuelto loco —le dije. —No. Ve a hablarle.

—Charlie, son las 10 de la mañana de un domingo. No entiendo cómo esperas que me ponga a seducir a una mujer a esta hora de la mañana. ¿Qué coño le voy a decir?

—Hay una palabra en nuestro lenguaje para estas situaciones: «Hola».

—Hola, mi vida es una mierda. ¿Vamos a París?

—Es más divertido que llegar a tu casa a masturbarte pensando en tu novia. Perdón. Ve a hablarle. Retiro la palabra «perdón» de la frase.

—Estoy de mal humor, deprimido y vengo de pasar un mal rato. solo quiero comer, hablar de cine y deportes para irme a mi casa a dormir. No quiero hablar con ella.

—No, tú sí que quieres hablar con ella. Yo necesito que te acuestes con alguien para que abandones este drama de una vez por todas. Para eso, necesitas una mujer y tú a esta chica le gustas. Lo sé. Ve a hablarle. ¿Qué es lo peor que pudiera pasar?

Con esa frase de cierre se toma un sorbo de café como si fuera vino.

Me concentro en analizar los desenlaces de todos los universos paralelos concebibles. Me pierdo.

Charlie chasca los dedos.

—¿Entonces? Rocanrol, Romeo.

Rompo la concentración. Me levanto con confianza a saludar a la chica.

Me acerco a la barra y reposo un codo en la mesa para lucir casual.
—Hola —le digo.
—Hola —me responde —¿Te conozco?
Mierda. —Eh, no, bueno. Mi amigo me dijo que sería buena idea venir a hablar contigo así que...
—Oh, ya veo. Tu amigo te dijo que vinieras y te convirtieras en otro pedazo de idiota que se me acerca a tratar de acostarse conmigo. Lo mejor que puedes hacer es darte la vuelta y volver con tu amigo para así de una vez por todas evolucionar esta relación homoerótica que deben estar ventilando al darse consejos heterosexuales.
Fin.
Vuelvo a mi mesa. Charlie, para variar, está pensando en algo inteligente que decir. solo articula una mueca de desastre.
Saco una pistola y me vuelo los sesos. El rostro de Charlie se mancha con el spray de sangre que emana del disparo. Mis sesos se mezclan con la salsa de tomate en la ventana.
Charlie chasca los dedos.
—¿Entonces? Rocanrol, Romeo.
Rompo el trance. Era un sueño lúcido.
Me levanto con confianza a saludar a la chica.
—Dejaste a tu amigo solo —me dice.
—Sí. Creo que si lo tenía que escuchar un segundo más, me iba a matar. Así que preferí venir a hablar contigo.
—¿Y de qué quieres hablar?
—No sé. ¿Del clima?— No creo estar lográndolo.
—Bueno, es un bonito día.
—Bonito, sí. No te creas que he podido disfrutarlo. Hoy tuve que buscar mis cosas en la casa de mi ex. Es un poco difícil volver a reencontrarte con tu...
La chica tiene un extintor en sus manos y me llena de espuma hasta tumbarme de la barra. Luego me golpea con la culata del extintor y me mata.
Charlie chasca los dedos.
—¿Entonces? Rocanrol, Romeo.
Rompo el trance. Era un sueño lúcido.
—Hola —Le digo con mi mejor sonrisa.
—Hola...—me dice ella a la espera de algo más inteligente.
El silencio se vuelve terriblemente incómodo. Sacó un bolígrafo de mi bolsillo y le escribo en la servilleta: «ME LLAMO JOSÉ :D».

Con mi texto hacia abajo, deslizo la servilleta por la barra. Ella lo lee. —Te llamas José. Muy bien. ¿Me prestas el boli?

Se lo doy junto con un rayo de esperanza.

Es zurda y me está respondiendo en una servilleta. Me la devuelve. La leo. No me gusta.

«Te llamas "Piérdete"». Ya veo. Bueno, esto pudiera ser peor...

La chica me entierra el bolígrafo en la mano contra la barra. Luego me revienta la cabeza contra el bolígrafo, el cual convenientemente entra por mi ojo derecho hasta llegar a mi cerebro.

Charlie chasca los dedos. —¿Entonces? Rocanrol, Romeo—. Rompo el trance. Era un sueño lúcido. Nos saludamos.

—Quiero invitarte un trago... que digo, son las diez de la mañana. Quiero tomarme un café contigo —le digo. Si no hubiera titubeado tanto, capaz hubiera sonado como un hombre de verdad.

—¿Y por qué quieres eso?

—Algo en mi barriga me lo decía.

Ella entiende el chiste. —¿Barriga o corazón?

Me sobo un poco la panza a modo de juego para ver qué me dice.

—Sí, es mi panza. Llevo tiempo que no le hago caso a mi corazón. —¿Algún problema con él? —me pregunta.

—Sí, hace falta alguien que lo repare.

La chica sonríe y con un movimiento de kung-fu penetra mi torso y me arranca el corazón. Lo examinar en su mano cubierta en sangre. El corazón tiene una foto de mi exnovia clavada con una espina.

—Anda, pero mira el problema.

Caigo muerto. Ella arranca la espina del corazón y se lo lanza a Charlie en el plato. Él coge sus cubiertos, acomoda el corazón y comienza a picarlo.

Charlie chasca los dedos.

—¿Entonces? Rocanrol, Romeo.

Rompo el trance. Era un sueño lúcido.

Me acerco a donde está ella.

Se voltea. Tiene una bomba amarrada a su cuerpo y un detonador en la mano.

El restaurante explota. Muero calcinado.

Charlie chasca los dedos.

—¿Entonces? Rocanrol, Romeo.

Rompo el trance. Era un sueño lúcido.

Ahora es el momento. Camino rumbo a la barra, como si fuese la caminata más larga de la faz de la Tierra.

Vuelvo con un pote de sal.

—¡¿SAL?! ¿Le pediste sal? No puedo creerlo.

—Lo siento, Charlie. Creo que me tengo que dar un tiempo para pensar las cosas.

—No me jodas. En el peor de los casos ella te dice que eres un imbécil y listo. Es hora de buscar un cambio, José.

Me lo pienso dos veces.

—No quiero un cambio.

—José, terminó la película. Los créditos están cayendo. Pantalla negra, y todo lo demás. Actualmente lo más cercano a una relación romántica que tienes es tu cepillo de dientes. Tienes que entender que estar triste es un estado de ánimo, no una forma de vida ni mucho menos una tarjeta de presentación. No sé, no te tengo un sermón preparado. Aunque te debo confesar que considero que lo que te acabo de decir está bastante bien.

Charlie toma la pieza de aluminio y la suelta en mi Coca-Cola. Se me viene el mundo encima, pero supongo que soy un hombre y trato de esconder lo mal que me sienta decir adiós.

Mi amigo se levanta y agarra su abrigo. Antes de irse, toma la lata de Coca-Cola y comienza a sacudir la palanca de aluminio.

—A, B, C...

La pieza se rompe en J.

—Letra J. No me decepciones —dice Charlie y se va tan galán como siempre.

—Charlie...

—Dime, José.

—Gracias —Porque ahora soy una persona mejor que hace 5 minutos. Evidentemente, esto último me lo guardo para mí mismo, porque sino quién aguanta su ego después.

—De nada.

—¡Y CHARLIE!

Ya él estaba por la puerta. —Dime.

—No pagaste tu café.

—Revisa tu bolsillo.

Saco unos billetes de 5.

—Este dinero es mío —le digo.

—Exactamente —Y se va.

Rompo mi collar y suelto mi palanca de refresco que llevaba cinco años colgando de mi cuello. La suelto. Que se hunda con su media naranja. Recojo la nueva pieza de aluminio que me dejó Charlie y mi cepillo de dientes.

Y el cactus, no puedo abandonar mi cactus.

La vida es como el gato de Schrödinger, no sabes si es una mierda o no hasta que vas y la vives. Nunca me ha gustado la frase «el no ya lo tienes», porque si bien ya lo tienes, lo que sí tienes es vestigios de autoestima y algún tipo de orgullo luego de recibir tantos golpes. Pero la autoestima no vale de mucho si no vas a perderlo. O al menos eso es lo que me esto es lo que me estoy diciendo mientras me acerco a esta chica.

—Hola.
—Hola —dice ella sin matarme.
—¿Cómo te llamas?
—Me llamo Giuliana.
—¿Juliana?
—Giuliana, con G.

A la mierda la pieza de aluminio y su puta madre. Ni que el destino estuviera... Allí me di cuenta de todo.

—Me llamo Jose, con J. Mira, no soy alto, tampoco tengo mucho dinero. Mi vida de a ratos apesta. Pero no hablo durante las películas, me baño dos veces al día y tengo facilidad para desenroscar envases de comida. Y quiero invitarte una Coca-Cola.
—Soy diabética.
—Un café con Splenda.
—El café me altera.
—Un té.
—La teína y la cafeína son muy similares.
—¡Bartender! Dos aguas cuando pueda.
—En realidad me anoto con la Coca-Cola —me dijo con una sonrisa. Todo era en broma.
—Una pregunta, ¿los Beatles o los Rolling Stones?

Me gusta esta dimensión.

BBII

Franz es un soldado de la Policía de Bebés. Forma parte del nuevo escuadrón anti- terrorista. Su meta en la vida –su trabajo– consiste en atrapar potenciales bebés malos y matarlos antes de que puedan nacer. El único requisito que salía en la planilla implicaba que tendría que ser implacable.

«Todos los criminales han sido un bebé en algún punto de su vida».

Así decía el aviso en el lobby de la oficina de la Policía de Bebés. Franz se imaginaba a Stalin Bebé, con sus mostachos de chocolate de leche, su acento ruso con el que cantaba canciones de dibujos animados y sus cientos de peluches encerrados en el congelador. No podía evitar recordar a Osama Bebé con una barba de espuma de baño y su toalla de Bob Esponja predicando su Jihad, mientras su padre lo filmaba dando sus primeros pasos con un chaleco hecho de zanahorias y cinta adhesiva.

El objetivo de esta policía era neutralizar amenazas tan pronto nacieran, literalmente. Un cuerpo élite de operativos temerarios dispuestos a lo que sea con tal de evitar un crimen. —Hijos de puta. Con ellos llegamos muy tarde. Pero nunca más — pensaba mientras cerraba su puño en ira esperando su próxima misión.

Le tocaría ir a casa de una huérfana que estaba embarazada. Ella se había hecho la prueba de embarazo pero dudado si llamar a la Policía de Bebés. Su llamada esperó nueve meses. Seguramente daría a luz a un delincuente.

Franz corrió como un desenfrenado hacia su patrulla para conducir hasta la casa de la joven una vez leyó las instrucciones de la misión. Ida era su nombre.

La patrulla arrancó hasta alcanzar velocidades nunca vistas por las avenidas. Iba tocando cornetas y pegando gritos, como si su sirena no fuera suficiente. Vio llegar una pelota, por instinto buscó de atropellar al niño detrás de ella, pero cayó en sus sentidos justo a tiempo. Logró esquivar al pequeñín. El entrenamiento había sido altamente efectivo. Franz no podía ver a un bebé sin sentir ganas de desenfundar su arma.

No tardó mucho en llegar al edificio de Ida. Franz bajó del carro y se deslizó sobre el capó para alcanzar la acera. Desenfundó su pistola al mejor estilo americano y un giro innecesario en sus dedos. Pateó la puerta abajo y se consiguió con Ida frente a frente. Le apuntó a la barriga.

—¡Quieto, bebé!

Ida alzó las manos. —Tú no, el bebé.

—El bebé está en mi barriga, no puede hacernos daño.

—Todavía —dijo Franz. —No pienso bajar la guardia. Qué bueno que nos llamaste.

—No tenía nadie a quién llamar. Tuve miedo y... solo eso. Tuve miedo.

Franz bajó su arma y la enfundó lentamente lleno de sospecha.

—Está bien. Seguro tuviste tus motivos. Cuéntame tu historia.

Ida hizo un puchero. Comenzó a llorar.

—Yo vivo con mi tía. Tuve un novio por un tiempo y, bueno, acá estoy —dijo y luego se acarició la panza.

—¡Dios mío! Gracias a Dios que llamaste a tiempo. Por lo que veo, si hubieras tardado unas horas más, este desgraciado estaría suelto por las calles. ¿Tienes padres?

—No, nunca conocí a mi padre y mi madre murió trayéndome al mundo.

—Qué mala suerte que no estábamos alrededor en esos momentos. No estarías sufriendo esto —agregó. Franz puso una mano sobre el hombro de Ida y perdió su mirada en un horizonte inexistente dentro del cuarto.

—Vámonos.

solo al ver la torpeza de sus pasos al caminar fue que Franz se dio cuenta que Ida estaba a punto de dar a luz. Eso y el charco de fluido amniótico a sus pies.

—Debemos apurarnos, niña. No hay tiempo que perder.

Franz desenfundó su pistola y sus manos comenzaron a temblar descontroladamente. Recuerda el procedimiento, Franz, se dijo.

—Entra en la patrulla. ¡Rápido!

Así comenzó la carrera contra el tiempo. Franz tenía que llevarla a la jefatura antes de que naciera el bebé. Era justo y necesario. ¿Qué clase de vida tendrá este criminal si lo dejo llegar al mundo? Puede resultar en un terrorista, o un asesino en serie. Dios, su madre es huérfana. Era cuestión de tiempo antes de que esto pasara. Nunca más, Franz. Nunca más.

Las calles se llenaban de niños jugando felices en las plazas, era la hora de salida del colegio. Atropellarlos se volvía una tentación. Franz comenzó a preguntarse cuántos de ellos habían sido errores de la Policía de Bebés. Las calles estarían vacías y ya hubiera llegado a la jefatura.

Los gemidos de dolor de Ida se hacían cada vez más fuerte. —No pujes, Ida. No lo dejes escapar.

—¡No puedo! ¡Ya va a salir! —gritó ella.

—No en mi turno —dijo Franz. Nunca más.

En un latido Franz decidió atravesar la plaza con su patrulla. Los niños corrían desesperadamente y sus madres trataban de protegerlos de la patrulla. La cuenta fue cero niños, 4 pelotas y una bicicleta.

—¿A dónde vamos? —preguntó Ida.

—No va a dar tiempo de llegar a la jefatura.

Franz estrelló la patrulla contra la entrada de la sala de emergencia de un maternal.

Los médicos llegaron totalmente desconcertados por lo sucedido. Las enfermeras no sabían qué estaba pasando y salieron corriendo despavoridas.

—¡Necesito alguien que haga un aborto inmediatamente!

Franz desenfundó su pistola y le apuntó a Ida en su barriga una vez más. Atrás de él una mujer yacía en una camilla con una intravenosa en su brazo. Su marido abrazándola con gran cariño. Ella tenía un niño recién nacido en sus brazos.

La escena conmovió a Franz, quien se olvidó completamente de Ida.

—Oh, disculpen, señores. Mis más cordiales felicitaciones por su hijo. Soy de la policía de bebés. Vengo a ponerle fin a una abominación, hijo bastardo de una huérfana.

El padre mostró una sonrisa de agradecimiento y le extendió un gran apretón de manos a Franz.

—Un orgullo ver a grandes hombres haciendo su trabajo, oficial.

—Gracias—. Franz devolvió la sonrisa y sus cachetes se ruborizaron lo suficiente como para hacerse notar. —¿Pudiera... tener el honor de ver a su flamante bebé? —les dijo.

—¿Cómo no, oficial? Adelante. Espero le ofrezca su bendición.

Franz se acercó al busto de la madre. Como si fuera un pequeño envoltorio de telas, ahí estaba un bebé tomando teta. Comiendo como si no hubiera un mañana. El rostro del bebé se le hizo muy familiar a Franz. Los cachetes inflados, los labios alzados, el pelo liso y empegostado, el fino bigote debajo de su nariz. El bebé era Hitler Bebé.

—¡¿Tú?!

—Sí, ¡yo!— dijo Hitler Bebé mientras sacaba una P-38 debajo del pliegue del seno de su madre.

—¡No puede ser! Tus padres son gente responsable—. Franz volcó su mirada hacia Ida que yacía desmayada en el piso con una panza considerablemente más lisa.

—Sí, tal como la primera vez. Lástima que no aprenden de sus errores. Lebewohl, Oficial Franz.

Bebé Hitler disparó, pero no sería el final de Franz. Un fuerte empujón lo tumbó al piso. La bala pasó de largo, lo habían salvado de la muerte.

Frente a Franz se hallaba un bebé con ojos azules, un casco verde militar y una 9mm en su mano.

—¿Einsenhower?

El Bebé Einsenhower asintió y volteó hacia Bebé Hitler.

—Te estábamos buscando, Bebé Hitler.

—Y me encontraste muy tarde, Bebé Einsenhower.

—¡Eso es lo que tú crees! Bebé Patton, ¡ahora!

De un salto llegó otro bebé fumando un tabaco y con un gorro militar con 3 estrellas. Desarmó a Bebé Hitler y lo puso contra el piso.

—¡Chupa esa teta, Bebé Hitler!

Franz quedó boquiabierto frente a su error. Había perseguido y tratado de abortar a un bebé bueno.

Ya con menos conmoción llegó un bebé narizón y calvo en el tope de su cabellera, se acercó al bebé Hitler esposado y le colocó una carta enfrente que decía:

«Apestas. Firma: Bebé Einstein».

Le sacó la lengua. Luego se fue.

Mientras Bebé Einstein se iba, llegaba un bebé en una silla de ruedas para bebé – también llamada caminadora– y otro considerablemente más gordo y gruñón. Eran Bebé Truman y Bebe Churchill.

—Presidente Bebé Truman, ¡será un honor! —dijo Franz.

—El honor será tuyo, pero la suerte es nuestra que llegaste tarde.

Franz bajó su cabeza en arrepentimiento y pidió disculpas. —De haberlo sabido, Bebé Einsenhower. Lo siento. Estaba tratando de castigar a un bebé justo y noble—dijo Franz disculpándose a los bebés presidentes.

Bebe Churchill dio una carcajada.

—No, Oficial Franz, no fue tu error. Tú solo sigues las órdenes de tus superiores que creen que es su responsabilidad evitar que bebés como Bebé Hitler nazcan. Pero por cada Bebé Hitler, hay muchos Bebés Eisenhower o Patton que no verán la luz. Al final, es responsabilidad de nosotros, los bebés, de encargarnos de esta gente cuando llegue el momento.

Franz quedó desconcertado.

—¿Entonces qué debería hacer yo, Bebé Churchill?

—Tú tienes un deber, Franz, y ese es encargarte de los que fueron bebés malos en su tiempo y hoy arrestarlos como hombres. Queda por parte de cada madre decidir si va a traer al mundo un Bebé Hitler o un Bebé Patton.

—¿Y qué ocurrirá si muchas deciden traer un Bebé Hitler?

—Nosotros nos encargaremos.

Bebé Churchill se llevó su chupón a la boca y decidió escaparse a tomar una siesta. Los demás entraron en una larga discusión sobre si ver Cartoon Network o Nickelodeon que eventualmente terminaría en un acuerdo de ver alguna película de Disney. Franz se encargó de arroparlos y cuidar de ellos hasta que sus padres llegaran. Luego pensó en lo bonito que sería traer su propio líder mundial al mundo. Todo a su debido momento.

AEROPUERTO

Estaban par de tipos en un aeropuerto sentados en un banco viendo como los aviones despegaban. Uno de ellos se encontraba muy callado y a la expectativa. El otro solo estaba callado, muy callado. En una dimensión paralela nada de esto estaba ocurriendo. Si esto fuera Hollywood, uno de ellos estaría en el avión.

—Se fue. Creo que ahora sí es el final. —Sí.
—¿Vas a llorar?
—Coño, no. ¿Quién crees que soy?

Es bien sabido que los hombres no lloran a menos que las condiciones ideales se presenten. A diferencia de las mujeres que solo dejan de llorar cuando las condiciones no son ideales.

—No lo sé. Yo honestamente pensé que ibas a montarte en el avión. O algo.
—¿Montarme en el avión? Ni a coñazos. ¿Cómo iba a hacer eso?
—No lo sé. Ibas y comprabas el pasaje, te montabas en el avión o al menos decirle que la amabas antes de pasar el control. ¿Qué coño voy a saber yo? Tú eres el romántico.
—Sí, bueno. Por eso probablemente fue que no traje mi billetera.
—O tu pasaporte —interrumpió su amigo.
—O mi pasaporte. Imagino que por eso viniste.
—Bueno, estoy un poco decepcionado. Estaba esperando un verdadero espectáculo.

De eso trata la amistad, de encontrar entretenimiento en los malos momentos de los demás.

—Mi actitud frente a la vida no está a la altura de tu entretenimiento gratuito y casual. La próxima correré por la pista de aterrizaje y trataré de detener el avión con una camioneta. A lo Bruce Willis. Tal como lo hizo en Duro de Matar 2.
—Bueno, además del show también quería estar acá como el buen amigo que soy.
—Está bien—. Devela una sonrisa.
—No, en serio. Has estado buscando a esta chica desde, no lo sé, un cuarto de tu vida. Supuse que estarías de rodillas con un puño al cielo pidiéndole a Dios una respuesta.
—Dios no tiene nada que ver.
—Eso dijo Denzel en «Hombre en Llamas».

—Sí. Y nada, no tendría sentido. Ya se fue, ya lo superé.

Una familia llora en la terminal. Los llantos son bastante ruidosos y el eco rellena los momentos de silencio entre abrazos de despedida.

—¿Te volviste loco? No lo superaste, no me jodas con eso. Siempre pensé que tenía cocaína en el perfume o alguna droga que te tenía adicto a ella. No sé cómo puedes pensar tanto en alguien sin tener contacto físico.

Si no estuvieran en un aeropuerto, alguno de los dos ya hubiera sacado un cigarrillo. —Eso lo tomaré como un cumplido, Don Juan.

—Entonces explícame, Maestro de la pureza humana.

—Ella sacaba lo mejor de mí.

—Felicidades, te acabas de convertir en una mujer por pensar eso.

—No se puede hablar contigo...

—Era una broma, por favor, continúa.

A falta de cigarrillos, uno de ellos se paró y buscó una caja de Tic-Tac de la máquina dispensadora, no había. Al otro le quedaba uno. Se lo comió sin preguntar.

—Cuando ella estaba alrededor todo era diferente. Los planes funcionaban, los tiempos se ajustaban y siempre teníamos algo de qué hablar.

—Como siempre pasa.

—Exacto. Y creo que lo que me gustaba de verdad era que con ella era una mejor persona que con los demás.

—¿Y qué ganaste con eso?

—Sentir que soy una mejor persona. Creo que a veces era más por mí que por ella. Dentro de todo mi masoquismo puede que haya habido un punto de superación personal.

—Una vez me dijiste que el único que puede sacar lo mejor de ti, eres tú. O alguna maricodada similar.

—Ah, verdad. Sí, fui yo. Era paja. Siempre vas a dejarte holgazanear un rato. Hay zonas de confort, llegas a ellas y está por tu parte si te quedas ahí o avanzas. Casi siempre nos quedamos ahí lo más que podemos. Son los demás los que exigen.

—Igual no hubiera estado mal que te hubieras llegado a acostar con ella. —Es verdad. Puedes decir que soy un perdedor por eso.

—Perdedor.

—Cállate.

—Veo tu punto y aún encuentro fascinante que no dijiste nada hoy. Tipo gritarle «No te vayas, te amo».

—No necesito decirlo. Cuando vas al doctor no hace falta que diga tu diagnosis en voz alta para que se haga realidad que estás enfermo. Ella sabe lo que hay, yo sé lo que hay y sabía que iba a estar acá.

—¿Entonces?

—Entonces hoy pienso que es mejor haber hecho todas esas cosas en lugar de preguntarme qué hubiera ocurrido. Por eso te digo que lo superé. No me siento orgulloso de haberme esforzado tanto y no tenerla a mi lado, pero entiendo lo que ocurrió. Eso no lo hace menos deprimente. Estaba enamorado. No quiero terminar de cruzar la delgada línea entre el romanticismo y la humillación pública, y no pienso que no haber hecho una escena digna de una película de parejas con poco presupuesto será lo que nos separó.

Un sonido de motores ruge sutilmente a través de las ventanas que tiemblan a medida que avanza el despegue. Un avión coge vuelo y durante el silencio incómodo ambos extrañan el llanto de la familia. Saben quién está abordo y lo que eso significa.

—Ahí va su avión.

—Sí, ahí va.

—Vamos, saca el EMP o el lanzacohetes y deténlo.

—Cállate.

—Luego de tu explicación, tengo una conclusión.

—¿Y esa es?

—Todo punto de quiebre fue un punto de inflexión en potencia. Creo que nunca forzaste las cosas.

—No hay que forzar nada. Creo que lo único verdaderamente democrático es con quién decides estar. Irónicamente, hay un solo voto en esas elecciones. Ella está en el avión, y yo estoy acá.

—Pero la querías a ella, ¿no? Estás acá, viendo cómo despega su avión.

—Me gusta pensar que nos enamoramos de un 30% de la persona, el resto es nuestra idea. Luego una relación es ver si el 70% restante te sirve. Creo que yo nunca conocí ese 70% de ella. Ese avión había despegado mucho antes de la hora de embarque.

—Capaz ella no era tu media naranja.

—No somos frutas.

Su amigo asintió con simpatía. —Necesitas un abrazo?.

—No hace falta. Te digo algo —dijo mientras recogía su abrigo y se preparaba para levantarse e irse.

—Todo va a estar bien. En serio. Estará bien porque esa es la idea. Estará bien porque eventualmente funcionará. Mientras tanto me iré a casa a escuchar canciones miserables que llenaron de dinero a artistas que se sentían igual o peor que yo. Iré a ver películas con finales pasivo-agresivos para pensar que siempre se puede salir adelante y buscaré en Internet para comprar una camiseta que proyecte a través de la cultura popular el estado de ánimo que quiero alcanzar.

—Te brindo una cerveza.

Con un breve apretón de manos, terminó: —Otro día, amigo —le dijo. Y luego sí recibió el abrazo que realmente necesitaba. Fue una demostración del tipo de amistad que no consta de hacer las cosas bien sino estar ahí cuando las cosas salen mal. Algo que ambos sabían es que no hay buenos amigos, solo amigos que se van y amigos que se quedan.

El aeropuerto continuó su día como cualquier otro día. Más vuelos llegaron mientras otros partían. Nuevos números llenaban las pantallas y otros se escapaban una vez su avión se escapaba por los cielos. Un día más lleno de gente que llora al llegar o llora al irse y equipaje perdido.

EL REY Y LA ROCA

Un rey rara vez tiene tiempo de caminar por sus tierras. Menos tiempo aún tiene de caminar acompañado por su hijo menor, quien seguro que necesita aprender más cosas de las que el resto del reino puede enseñarle. Esa mañana era especial, era un día de descanso en el que aprovecharon para dar un paseo. Fue un paseo largo que empezaron sin sombra y para el final de la mañana ya el sol había desdibujado los contornos de sus cuerpos solo para volver a empezar.

Eran pocas las veces que el rey podía compartir con su hijo menor. Es verdad que mucha de la atención del castillo recaía en el heredero, pero las travesuras del segundo en sucesión estaban dando de qué hablar.

El sonido de las piedras del río interrumpía las anécdotas del padre. El nivel del agua era poco profundo y el agua cristalina. Dos escoltas los acompañaban y paseaban sus miradas por todo el territorio, pero nunca dejaban su atención en ninguno de los miembros de la realeza.

—Me han dicho varios de tus profesores que se les está haciendo imposible conseguir que prestes atención —le dijo el rey a su hijo.

Los ojos del príncipe abrieron mostrando una expresión de sorpresa y culpa. —¿Qué profesor te dijo eso?

—Prácticamente todos. El único que no mostró queja alguna fue tu profesor de combate. No fue el pronóstico más esperanzador. Creo que deberías intentar ser un mejor alumno—.

—O ellos mejores profesores. ¿No crees?

—No lo creo —dijo el rey sin sugerir que la conversación fuera menos que un reproche.

El príncipe encogió sus hombros en pena. Luego volteó sus ojos hacia su padre sin saber qué responder. Abrió su boca como si fuera a articular alguna palabra, pero solo salió un amague. El rey rió y sacudió el cabello de su hijo con una mano. —Cuéntame qué te está ocurriendo antes que comience pensar que es culpa mía.

El príncipe volteó su mirada al río. —No tengo problemas en prestar atención, Padre. solo no quiero. Quiero aprender acerca de espadas, no pergaminos.

El rey soltó una carcajada, pero al ver que su hijo no estaba bromeando un leve suspiro escapó su pecho.

—Pocos reyes han sabido salir adelante pensando de esa manera. Ninguno, diría yo, no al menos con todas sus extremidades pegadas al cuerpo. ¿Quieres ser esa clase de rey?

—Mi hermano será rey, no yo. Déjale a él los pergaminos. Y si a eso vamos, cualquiera puede ser rey mientras tengan una cabeza que sostenga la corona.

—Una cabeza puede sostener una corona aún sin estar sujetada a un cuello, supongo — dijo. El rey posó una de sus rodillas en el piso, el comentario había intimidado al príncipe. Sus ojos estuvieron a la misma altura. —Sí, es verdad que muchos hombres tendrán la oportunidad de ser reyes. Algunos conquistarán sus reinos, matarán por el trono; a otros, simplemente les llegará la hora. Pero si ellos no están preparados, nunca serán reyes, al menos no de verdad. Yo mismo cuando me senté en el trono no era un rey de verdad.

El príncipe frunció su ceño en intriga. —¿Y qué? ¿Acaso se supone que un rey tiene que saberlo todo? Yo practico con la espada, pero los libros narran que han pasado generaciones desde que alguno de nosotros haya estado en combate. ¿Para qué practico todos los días, entonces? ¿Un rey tiene que ser un guerrero? También estudio economía y mercado, no te veo contando monedas ni comprando ovejas.

—Un rey tiene que ser lo que su pueblo necesita que sea.

La firmeza de la respuesta silenció al príncipe.

—Hijo, simplemente trato de explicarte todo lo que necesitas saber. Eso es todo.

El príncipe asintió, pero guardó una frase con recelo. Su rostro dibujó la interrogante que él mismo se hacía de si preguntar o no.

—Yo solo tengo una duda.

—¿Y cuál es, hijo?

El príncipe alzó una ceja. —La forma en la que me hablan del amor, Padre. Es ridícula.

El rey realizó una sonrisa tan amplia que enseñó su dentadura al sol, luego rió con gran fuerza y vio de reojo a uno de los guardias buscando de compartir el momento. —Hijo, no hay ningún maestro en los Cuatro Destinos que pudiera enseñarte sobre ese tema sin que a esta edad pienses que no es una estupidez.

—A diferencia, no pienso que la guerra sea una estupidez. El rey sentenció esa frase con un silencio sepulcral.

El príncipe lamentó haber mencionado el tema. —No entiendo qué se supone que esperan de mí. Eso es todo.

El rey casi entra en pánico al oír las palabras de su hijo, y antes de reaccionar en tartamudeos el príncipe continuó: —Ustedes me han enseñado que tengo que amar a mi pueblo, amar a la corona, amar la lealtad de nuestros aliados y recompensarlas. ¿Y qué hay de nuestros enemigos?

—La verdad, hijo, no tengo una respuesta a tu pregunta. No sé en qué dirección quieres que te envíe o qué movimiento de espada enseñarte, porque ya me has dejado claro que no quieres leer pergamino alguno.

—Padre, le tengo temor a la guerra. Pero no quiero esperarla, quiero ver a nuestros enemigos sangrar. Es el mismo miedo que siento al pensar en la pérdida de nuestra paz, de nuestro escudo. No quiero quedarme de brazos cruzados.

—No estás pensando en guerra, estás pensando en amor. El amor es debilidad, hijo, esa es la realidad. Amar es saber que todo lo que tienes lo puedes perder en un segundo, y no poder soportarlo.

—Padre, no tengo idea de lo que estás diciendo.

El rey asintió comenzó a adentrarse dentro del río.

Los guardias se alarmaron. —Su alteza, va a arruinar su calzado y pantalones.

—Tranquilos. Eso solo será más trabajo para el sastre y el zapatero —dijo el Rey. Hizo un gesto hacia el príncipe. —Ven, hijo.

El príncipe lo acompañó. Al adentrarse, el nivel del agua le llegaba por encima de las rodillas a ambos.

—Te gustan las rocas, ¿no? —preguntó el rey.

—Colecciono una que otra rareza que encuentre.

—Pero también te gusta lanzarlas y verlas rebotar en el agua. —Sí.

—Lancemos rocas, entonces.

Fue así que comenzaron a recoger rocas y lanzarlas buscando de hacerlas rebotar en el agua. Sus ropas se empaparon entre agua y sudor del trabajo de buscarlas en el fondo y lanzarlas con fuerza. El príncipe era superior al rey, conseguía hasta seis rebotes.

Luego de unos minutos, el rey vio que su hijo estaba sintiendo la superficie de una roca con una expresión de admiración. La roca era de un color rojo penetrante, como si el fuego hubiera decidido congelarse.

—No vas a lanzarla, ¿verdad?

—Creo que no, padre.

—Lánzala —ordenó el rey con firmeza.

El príncipe miró a su padre con angustia, pero obedeció sin pensarlo. La roca dio siete brincos.

—¿Cómo te sientes? —preguntó el rey.

—No sabría decirlo. Perdí la roca, pero nunca había conseguido siete rebotes.

—Agarra otra roca, por favor.

La roca era común. Un color gris confundible. Una piedra repetible. El príncipe sintió decepción.

—La otra roca se encuentra ahora bajando por el río. Ya no hay vuelta atrás. Tardó siglos en llegar por este camino dando tumbos junto a miles de rocas. Tú la recogiste y la lanzaste, la hiciste sentir única y tuviste el derecho de no hacerlo, de esconderla en tu bolsillo. Pudieras pensar que estaba destinada a estar en tus manos. Ahora nuevamente puedes agarrar cualquier otra roca en el mundo y ella puede seguir dando tumbos con la corriente como lo ha venido haciendo. Sus giros y golpes no cambiarán su patrón.

Ella nunca recordará que la sostuviste en tus manos. Ahora te pregunto: ¿Es esa la roca más hermosa que verás en tu vida?

El príncipe suspiró profundamente. —No lo sé.

—Agarra otra roca.

Y del fondo del río consiguió una roca gris olvidable como el resto.

—Dime exactamente cómo te sientes —ordenó el rey.

—Quiero la otra roca de vuelta —dijo con furia.

—¿Y qué vas a hacer? Mejor dicho, ¿qué puedes hacer? Mejor todavía: ¿Qué harías si fueras rey?

—La buscaría a mi placer por el tiempo que quisiera. Ordenaría a los guardias que me ayuden a buscar hasta que el sol se esconda y no podamos ver nuestras sombras, aún así traería aceite y fuego para buscarla con antorchas. Ofrecería una recompensa por esa roca. Por los Elementos, construiría un dique y frenaría al río mientras busco por ella —.

—¿Y arriesgarías a tus soldados a una tos de invierno, gastarías el dinero de tu pueblo y secarías las cosechas de tu gente por una roca?

El príncipe bajó su cabeza, sus ojos se aguaron de ira. —No, padre.

—¿Por qué?

—Porque yo la lancé.

—¿Hubieras querido hacer diez saltos con una roca miserable salida de un establo en llamas o de una estrella caída? ¿Preferías dejar a la roca vivir en un gabinete rodeada de otras rocas sin tener una historia que contar?

—Tienes razón—. El príncipe sonrió frente al rostro del rey.

—¿Ves? Hace un instante estabas a punto de drenar el río.

—¿Y nunca valdrá la pena drenar el río por una roca?

—Hijo mío, eso lo sabrás cuando seas rey.

El rey comenzó a salir del río. —¿Padre, adónde vas? Aún no me has explicado nada.

—Al contrario, te he explicado el origen de la guerra.

MEMORIAS DE MARIO #5

Hay un punto en las relaciones que todo se vuelve rutinario y mundano. Creo que es bueno buscar frescura y reinventarse al momento de tocar a tu pareja, pero es difícil. Todo hombre tiene el deber de tratar a su mujer como una princesa. En mi caso, más aún.

Llevamos tiempo juntos, y a veces sentía que las cosas se estaban estancando en el dormitorio. Yo soy un simple plomero, y desde el inicio tenía la inseguridad que mi experiencia no fuera suficiente para ella. El sexo no es una cuestión de tamaños -aún si lo fuera, para eso tengo los hongos-, sino una cuestión de química. Yo nunca he tenido que imaginar que ella es alguien más. No podía pedir nada mejor, nada más bello entre mis sábanas. Pero siempre dudé que ella, una mujer destinada a liderar un reino, se conformara con tener a un plomero en su cama.

Siempre me encontraba lleno de inseguridades en la intimidad. Siempre. Mis miedos se hicieron palpables el día que en medio del acto ella me susurró al oído: «Ponte el disfraz de rana». Me quedé frío, sin palabras. Tenía que ponerme un disfraz, dejar de ser un plomero. Prefieres acostarte con una rana que con un plomero, puta. Pues así será, pensé.

Pero yo era el que necesitaba amarla como una rana, y no como un plomero. Fue memorable. Mi piel se volvió resbaladiza, casi viscosa, mi sangre fría que con el roce entre nuestros cuerpos ganaba calor. Mi lengua elástica y larga como una extremidad más con la que envolví su cuello hasta hacerle luchar por respirar. Cada movimiento era un tirón rápido e impredecible. Todas sus caricias navegaban por las verrugas de mi espalda. Ella no quería un príncipe, quería una rana.

QUERIDO PETER

Querido Peter,
Hace semanas me preguntaste cómo era el océano. Hubo un momento de silencio, tartamudeé, pero más importante, fallé en darte una respuesta. La verdad es, es difícil de explicar a pesar que mis ojos no estén rotos como están los tuyos.

Para el momento que esta carta te sea leída, estarás de vuelta al hospital, a kilómetros del mar y estas palabras llegarán de una voz ajena. Lo siento, pero espero poder darte una respuesta digna ahora que ya he meditado al respecto.

La primera vez que vi el mar tenía 6 años. No te aburriré con detalles, pero yo era una niña muy enferma en los inicios de mi vida, como tú. Hasta esta edad nuestros padres siempre habían esquivado llevarme de vacaciones, más aún la playa. Pero luego de mucha consideración, tomaron el riesgo. Y luego de ese primer verano, el océano y yo nos hicimos inseparables.

Cada verano yo era testigo de su grandeza y me sumergía en ella, siempre ignorante de la complejidad del mar. Jamás traté de definirlo. Y es por eso que tu pregunta me vio fuera de guardia y solo pude tropezar con una vaga definición que nunca te hubiera preparado para tu primer baño. Peter, yo nunca me perdonaré por esto. Te vi caminar aterrorizado mar adentro contra las olas, incapaz de encontrar consuelo en el océano al cual te aventuraste, incapaz de reemplazar con mis palabras lo que tus ojos debieron haber visto si no fuera por tu condición.

No puedo sino pedirte perdón y rogar por una segunda oportunidad para responder tu pregunta para que puedas volver a darle carta blanca al mar.

Sé que no eres un joven religioso, que has abandonado tu fe. Estoy segura de que esta no fue una decisión que hayas tomado a la ligera y llevaste a cabo a plenitud. Es de mi conocimiento que eres un entendido de la fe.

El océano es fe, Peter.

La primera vez que ves el océano sabes de lo que es capaz, no sé de qué manera, pero lo sabes. solo con verlo sabes que si te adentras en lo profundo te ahogarás. Puedes entender cómo se moldean los acantilados. Temes su ira aun cuando nunca hayas navegado a través de una tormenta. ¿Cómo sabes todo esto? No lo sé. Yo no entiendo el océano, Peter. ¿Cómo puedo explicarte sus colores cuando no sé si su tinte azul viene del cielo o el cielo tiene su tinte azul por el mar? ¿Cómo puedo decirte dónde termina si no puede ver más allá del horizonte? ¿Cómo puedo explicarte lo que es una ola cuando son

tan diferentes una de la otra? A según la ola tienes que resistirla, sumergirte o atravesarla de un alto, y no es hasta que te encuentras envuelto en la marea que sabes que has tomado la decisión correcta.

En un caluroso día de verano, Madre fue golpeada por una ola alta y poderosa. La corriente la arrastró por el manto marino. Entre la conmoción, el agua llenó sus pulmones. Tuve suerte de verla y apresurarme a salvarla. Me clavé contra las olas y nadé hacia ella. Tiré de ella desde el fondo del mar e hice lo mejor para arrastrarla a la orilla. Pero las olas rompían estrepitosamente una tras otra delante de mí y cada brazada era en vano. El océano estuvo a punto de robar mi vida y la de Madre. Pero entonces, en el momento justo en el lugar adecuado, una ola nos cargó encima del punto de quiebre. Arrastré a Madre fuera del agua y purgué el agua de sus pulmones. El océano trató de robarme y yo le robé de vuelta.

Aún así, al próximo minuto, ahí estaba, sin cambios, sin marcas. No habían rastros en la superficie. Nuestras huellas en la arena fueron borradas. El vaivén de las olas limpiaba la sangre de los arañazos en los brazos de Madre que le causé con mis uñas en medio de nuestra lucha contra el océano. A pesar que mi cuerpo tardaría semanas en recuperarse, y el miedo de Madre de volver al océano duraría por años, el mar había borrado y olvidado todo en un instante.

Cuando pienso en Dios pienso en el océano, Peter. Pienso en las arrugas en mis manos, pienso en el preludio y la expectativa que siento cuando mis pies se hunden en arena mojada al plegarse el mar para lanzar una nueva ola en su mecánica eterna. La verdad sobre el mar es que aquello que tú no puedes ver, yo tampoco puedo, Peter. La verdad sobre el mar es que no conozco la verdad sobre el mar. Cuando caminaste dentro del océano, ese día nadaste, sentiste y viste lo mismo que yo vi. Yo no entiendo las olas, no entiendo el color y no entiendo a dónde te puede llevar la corriente o dónde termina el mar.

Sentiste miedo, sin duda. Pero cuando aceptas el miedo, te vuelves más fuerte.

Me encantaría verte de nuevo el próximo verano. Y odiaría verte seco toda la temporada.

Sinceramente tuya, tu querida hermana.

YO DEL FUTURO

Cuando trabajas en programación es difícil distinguir un día del siguiente, o de cualquier otro día en general. Tu vida se convierte en una serie de tareas que realizas enfrente de un monitor una a una hasta que son las seis de la tarde. De ocho de la mañana a seis de la tarde no te importa nada. La única forma de tolerar este infierno es con pantalones cortos. Es nuestro uniforme, la única libertad que tenemos al estar esclavizados a una pantalla.

Supongo que Murray sabía que no le iba a dar tiempo de ir a cambiarse a casa y decidió ir en traje a la oficina. A la linda y joven recepcionista se le atascó una sonrisa en la boca, más que sorpresa fue una felicitación lo que pudo murmurar. Murray es lo que muchos llaman un freak, y vive de programar videojuegos. Es de esas personas que no pueden dar un abrazo cómodamente. Son contados los días que tiene que ponerse una corbata, mucho menos un traje, hoy parecía ser uno de esos días.

Revisó su reloj, faltaban ocho horas para salir. Se sentó en su escritorio con una taza de café de su anti-héroe favorito. Segunda taza que se servía, a la primera le echó sal sin querer. A su costado yo me encontraba a la expectativa de una explicación. De treinta personas en esa sala Murray era el único con corbata, y seguramente el resto sabían ponerse una corbata gracias a un video tutorial de Internet; Murray incluido. Yo incluido.

Prendió su computadora y continuó su trabajo donde lo había dejado la jornada anterior. El jefe llegó leyendo reportes y al levantar la mirada se consiguió con Murray mejor vestido que él.

—¿Te ascendí y no recuerdo?

—No. —respondió Murray.

—Entonces se puede preguntar por qué vienes de traje?

Murray dudó en responder. —Tengo una cena —le dijo a nuestro jefe.

—Muy bien. Nunca está de más un polvo.

A Murray le sentó mal el comentario. Pero sin mayor problema nuestro jefe se esfumó de su escritorio y su puesto fue reemplazado mi silla que se desplazó lentamente hasta su puesto. Mis pantalones cortos con patrón de camuflaje hacían contraste con su traje de gala.

—¿Tienes una cena? ¿Con quién? Hoy es el concierto de los Red Hot Chili Peppers. Pensé que irías —le dije.
—Algo personal.
—¿Una chica? —Murray frunció el ceño. —¿Un chico? —Un gruñido. —Ok, no te jodo más.

Más tarde Murray revisó la hora. No era tarde, seguía siendo demasiado temprano. Pensar en la cena le causaba ansiedad y la ansiedad lo hacía sudar el traje. El café lo había acelerado demasiado y no podía concentrarse, solo sudar. Todo le salía mal, su código daba error y los nervios no le dejaban ni pensar. Decidí invitarle a fumar un cigarrillo.

Salimos a la terraza donde se encontraba visiblemente nervioso.

—¿Todo bien? —le preguntó la recepcionista, de nuevo con una sonrisa.

A Murray le causó alegría verla sonreír. O al menos esa es la única explicación para la sonrisa de estúpido que puso.

—Sí, solo ando un poco nervioso —dijo él.
—¿Tienes una entrevista hoy?

Murray se alegró que ella no pensara que tenía una cita. Capaz ella no quería imaginarse a Murray con otra, porque no soportaría el dolor de verlo ir, tener que construir su vida sin él y esas cosas. Eso o simplemente una entrevista de trabajo es lo único que nos motivaría a nosotros, los programadores, usar traje; o un polvo.

—Más o menos, nada del otro mundo —Murray dudó en responder. De hecho, se quedó sin responder. No sabía por donde empezar.

—Pensé que irías al concierto de los Red Hot Chili Peppers, siempre vienes con camisetas de ellos.

Murray se sonrojó. —Sí, soy muy fan, pero hoy no puedo. Tengo una entrada en mi escritorio que me regaló el Club de Fans de los Red Hot Chili Peppers.

—¿Eres del club de fans? Supongo que eres el presidente.
—Moderador del foro. He perdido las elecciones dos veces —recordó Murray con amargura.

—Yo también soy muy fan, pero no sabía si comprar entrada porque no tengo con quien ir. Te iba a preguntar si me podía apuntar al plan que tuvieras.

Murray lanzó lo que quedaba de su cigarrillo. —Lo siento, ojalá consigas a alguien. —Esto definitivamente era un evento muy importante para Murray.

—¡SCRUM! —gritó el jefe antes de poder siquiera pensar en una explicación.
—Me tengo que ir —le dijo a ella. —Vengo luego.
Murray era el único con traje en la reunión. Los otros seis programadores estábamos en shorts y nuestro jefe tenía una mancha de salsa de tomate en su camisa Lacoste. Era una reunión de Scrum, cada uno tenía que hablar de avances sobre sus tareas de la semana. En general toda la reunión transcurrió con normalidad hasta llegar a su turno.
—Hoy no me podré quedar hasta tarde como de costumbre —dijo Murray luego de explicar cómo tenía todo al día.
—No hay problema —dijo el jefe. —Hoy no veo que haga falta. Aprecio que hayas venido a trabajar a pesar del entierro —Solo el jefe soltó una carcajada. —¿No es gracioso o qué?
—Yo sí vine a pesar de haber perdido a mi abuelo hace dos días —explicó con el corazón roto uno más de nuestro equipo.
—Mierda —cerró el jefe.
A paso de tortuga llegó la hora de comer. Murray ni siquiera se dignó a abrir su tupper. Su excusa era no manchar el traje, pero la realidad era que los nervios lo harían vomitar. Decidió sentarse a esperar mientras sus compañeros de trabajo engullían sus raciones de pollo frito, pizza y hamburguesas.
—¿Qué te pasa? —pregunté.
—Ya te dije, nada.
—Soy tu amigo. Puedes contarme lo que sea excepto... cosas raras sexuales. Me pongo incómodo, o cachondo. Depende del tema.
No hubiera sonado tan perturbador si no fuera porque todo el mundo en el comedor estaba escuchando.
—Ya les he hecho entender que no quiero...
—Hago tu trabajo de dos días si me explicas. —Murray jamás me iba a rechazar esa oferta.
—Ok —dijo harto.
Murray sacó un papel y lápiz, remojó la punta de grafito en su lengua y comenzó a dibujar una línea recta y una línea curva que iniciaba su recorrido en paralelo para luego subir y separarse.
—La ley de Moore indica que cada cierto tiempo la velocidad de procesamiento se duplica. Esto acarrea que la unidad de tiempo de procesamiento de un bit se convertirá en cero, haciendo la computación

de datos un problema atemporal, por lo que viajar en el tiempo será un problema resoluble.

No supe que pensar.

—Entonces, en un estimado de 50 años viajar en el tiempo será posible.

El resto de las personas escuchando esta conversación no veía mucho sentido a lo que Murray estaba diciendo. Yo tampoco y comencé a sentirme culpable de reforzar el estereotipo global que tenemos los ingenieros.

En lo que seguramente fue el momento más impresionante que jamás he vivido en una oficina, Murray se remangó su camisa y mostró un tatuaje con fecha y hora. Esa fecha era el día de hoy, junto a unas coordenadas GPS que apuntaban a su hamburguesería favorita.

Todo el mundo quedó en silencio a la expectativa.

—Así que hoy voy a…

—Vas a acostarte con tu Yo del Futuro —interrumpí. —Épico.

—Voy a cenar con mi Yo del Futuro.

Si bien uno pudiera no saber cómo reaccionar al ver a tu pareja engañándote, a tu mejor amigo ser atropellado por un tren o descubrir que tu padre es Will Smith, todo el mundo reacciona básicamente igual cuando escucha la idea de una cena programada con un viajero del tiempo: no reaccionan en lo absoluto.

—Y eso. Estoy muy nervioso por saber en qué tipo de persona me habré convertido.

Nadie había procesado esa frase. Aún no habían procesado la idea en general. Ni siquiera habían tragado el bocado de comida que tenían en la boca. Nadie hizo preguntas, nadie dijo nada y todo el mundo hizo el mejor intento para hacer de cuentas que nada había ocurrido.

Todos menos la recepcionista.

Cuando Murray se dio cuenta que ella estaba en el comedor, y que había escuchado su historia, sintió una vergüenza similar a la de mojar la cama. Mojar la cama con esperma, quiero decir. Sintió que no sabía explicarle que era un idiota o que viajar en el tiempo es teóricamente posible y que vale la pena intentarlo. Que sabía lo que estaba haciendo, que era una oportunidad de oro. Pero prefirió no explicar nada. Solo la dejó volver a la recepción en medio del sonido de su vagina cerrándose por el resto de la eternidad para él. Murray arrugó la hoja de papel y la lanzó a la papelera. Falló.

Los nervios bajaron un poco luego del escarnio público. El silencio se convirtió en sátira y la gente comenzaba a contemplar la idea de tener en la oficina a alguien seguro de las maravillas de viajar en el tiempo. Murray trataba de distraerse con un par de tareas en el trabajo pero de vez en cuando me soltaba una mirada resentida hasta que decidí confrontarlo.

—Está bien, no quise hacerte pasar un mal rato. Pero espero que estés claro que tu plan de cenar contigo mismo es un poco homosexual —le reclamé.

—No hay mucho que pueda hacer al respecto, ¿no? —Murray continuaba ensimismado en lo que estaba programando.

—Podías haberte tatuado instrucciones para jugar paintball.

—No, sería confuso.

—Capaz tu Yo del futuro se volvió homofóbico y no quiere venir.

—Mi Yo del futuro sabe que yo no soy homosexual.

Alcé las manos y me alejé de la conversación rodando con mi silla de oficina.

A una hora de la hora de salida las dudas abordaron a Murray. También el jefe.

—Murray, sé que ya te vas. Pero me gustaría hablar contigo en privado.

Fueron a la sala de reuniones. Yo decidí acercarme a la perilla de la puerta a escuchar la conversación.

—Murray, te tengo una tarea. Me gustaría que, en caso que ocurra, le pases este formulario a tu Yo del Futuro.

El jefe le cedió una resma de hojas a Murray. Eran formularios, uno de ellos consistía en listar los últimos 30 ganadores de la Serie Mundial.

—No creo que mi Yo del futuro sepa de deportes.

—No te preocupes, también hay preguntas de economía, tecnología, sociedad, cine, cultura, internacional, arte, cocina y tengo la teoría que el cricket se hará muy popular en el futuro. Quiero adelantarme.

—¿Me puedo ir ya?

—Por favor.

A la salida Murray amagó en cruzar palabras conmigo. Reunió coraje antes de dar un paso en falso.

—Sé que todo esto suena muy complicado, pero no lo es. En serio.

—Te creo. Ya mañana nos dirás cómo te fue, ¿no?

—Sí, supongo.

Murray percibió mi lástima y un entendimiento fingido. Mucha simpatía, pero hasta ahí.

—No estoy loco, ¿sabes?

—Nunca dije que lo estuvieras.

—En serio, mañana podré explicar todo mejor.

—Por eso. Hasta mañana.

Ahí Murray entendió que hoy no iba a poder decir nada a su favor.

Lo último que vi de él ese día fue cómo se montó en el bus equivocado y se bajó en la parada siguiente solo para regresarse corriendo a esperar el correcto.

Al llegar a casa junto a mi esposa traté de explicarle el cuento de Murray. Ella preparaba la cena.

Viajar en el tiempo como aquella película que te gusta tanto donde el actor que sufre de Parkinson se besa con su madre? —preguntó mi esposa con sarcasmo.

—Michael J. Fox. Y sí, básicamente es eso.

—Para mí eso es un mecanismo de defensa —dijo ella mientras cortaba vegetales.

—¿Viajar en el tiempo?

—No, todo el plan es un mecanismo de defensa para evitar tener que preocuparse de cosas verdaderamente importantes. El pobre no tiene novia, vida social o un hobby que involucre aire libre. Lo mejor que hace es inventarse una paranoia respecto a viajar en el tiempo.

Le di unos momentos de análisis a esa teoría y decidí estar en desacuerdo. —En realidad, no me parece.

Ella dejó de picar vegetales. —¿Cómo que no te parece? ¿O es que acaso tienes una fecha tatuada en algún lado? Tú prefieres preocuparte de mantener a tu familia y pagar la hipoteca antes de ponerte a inventar historias de ciencia ficción para no tener que pensar al respecto. Murray no.

—Simplemente no me parece que hay que pensar que hace estas cosas para esquivar nada. A Murray le apasionan estas cosas y yo simplemente no sabía que se lo tomaba tan en serio. Lo que dices es tu versión de la realidad.

—¿Mi versión de la realidad? Estoy interpretando lo que me acabas de contar. Llegas y me dices que tu colega que no sale con nadie tiene una cita consigo mismo, está hablando de viajes en el tiempo y esperas que me ponga a filosofar contigo sobre la validez del asunto.

—Murray tiene una teoría. Si no se hace realidad, pues no pasa nada.
—Esto no es una teoría. El pobre hombre cree que se puede viajar en el tiempo. Vale, entiendo que se tatuó una estupidez hace 15 años. Pero parte de crecer es aceptar que hace 15 años éramos estúpidos. Por como me describes que estaba vestido, estaba usando más botones de los que tú has visto en toda tu vida. Está bien que lo haga por sí mismo, pero mejor que sea por su versión actual en lugar de su versión imaginaria del futuro.

Sacudí mis manos en desacuerdo. —A ver, la Ley de Moore dice…
—No puedo creer que estemos discutiendo sobre algo perfectamente objetivo y tú te vayas por la tangente. Acá una fecha: en 15 años nuestro hijo va a querer ir a la universidad y tendremos que gastar cientos de miles de dólares en su educación. Puedes tatuarte eso donde quieras.

Si bien todo sonaba físicamente imposible, altamente ridículo y potencialmente nocivo para su vida laboral, era la estrategia más inteligente para verificar los viajes en el tiempo.

Luego comencé a imaginar cómo pudo haber sido el encuentro. ¿Pedirían el mismo plato? ¿Dividirían la cuenta? ¿Se fusionarían en un monstruo deforme al mejor estilo David Cronenberg si llegaban a tocarse? Mi hijo de 2 años ronca al quedarse dormido, por lo que usualmente paso unos sólidos 20 minutos en la oscuridad meditando todos los días esperando sus ronquidos, ese día los dediqué a pensar todas las consecuencias de viajar en el tiempo.

El día siguiente llegué considerablemente temprano a la oficina para esperar la llegada de Murray y hacer un par de preguntas. Me hice un café y quedé a la expectativa. Pasaron las primeras horas de la mañana y no había rastro de él por ningún lado. Por un momento me comencé a preocupar.

Justo antes de la reunión diaria de Scrum Murray llegó a la oficina. Ya no tenía puesto su traje elegante sino unos pantalones cortos y una camiseta relativamente sucia con suficientes arrugas como para indicar que durmió con ella puesta. Caminó hasta el escritorio del jefe. Dejó sobre la mesa el formulario vacío sin una sola pregunta contestada y volvió a su puesto con toda la disposición de convertir este día en uno como cualquier otro.

Luego tuvimos la reunión diaria en la que Murray no hizo más que mirar fijamente hacia el horizonte detrás de la ventana mientras los demás hablábamos del progreso de nuestras tareas. Su intervención fue fría y por primera vez en cuatro años nuestro jefe no hizo ni un solo chiste.

Le sugerí a Murray fumar un cigarrillo. Nos paramos afuera de la puerta en silencio a fumar. No intercambiamos ni una palabra hasta que llegó la recepcionista.

—Murray, ¿y cómo te fue ayer? —le preguntó.
—Hay un hueco en mi pecho donde debería estar mi corazón. —Murray ancló su mirada fijamente en ella durante suficiente tiempo como para hacer la situación extremadamente incómoda.
—¿Y la comida qué tal estuvo? —dijo ella.
—La salsa de curry estuvo excelente, como siempre.
Sutil.

La recepcionista se fue con una sonrisa incómoda. Me quedé viendo a Murray mientras terminaba su cigarrillo.
—Entonces no te tiraste a nadie anoche —le dije.
—Comí solo. —El resto de su respuesta fue una calada más al cigarrillo totalmente indiferente a mi presencia. Cuando me dispuse a irme, Murray me detuvo por el hombro.
—¿Sabes cuando alguien te dice que todo va a salir bien? Yo nunca les creo. Creo que todo puede salir mal. Y a veces creo que todo va a salir mal, pero nunca bien. Y esta vez de verdad pensaba que sí. Que todo iba a salir bien.

Respiré profundo. No estaba esperando por tanta intensidad. —No sé qué decirte, Murray.
—No pasa nada. —Murray lanzó lo que le quedaba de su cigarrillo para volver a su puesto de trabajo.

Antes de entrar a la oficina se me ocurrió algo que decirle.
—Murray.
—¿Qué quieres?
—Nada va a salir bien.
Murray arqueó una ceja. —¿Cómo?
Organicé mis ideas en mi cabeza. —Murray, nada va a salir bien. Es muy posible que la tecnología para viajar en el tiempo sí sea alcanzada, pero tú no estarás ahí para usarla. Murray, puede que tus días estén contados. Puede que en cualquier momento te vayas a morir. ¿No lo entiendes?

Su cara cambió de decepción a un asombro lleno de complicidad.

Yo seguí con mi retórica recién salida del horno. —Muy bien, tengo una teoría que seguro te resulta una estupidez por dos motivos: el primero es que no tengo ni idea de viajes en el tiempo y el segundo es que estamos hablando de viajes en el tiempo, por el amor de Dios. Yo creo que la única razón por la que no fuiste a es sitio ayer es porque no estuviste vivo para asistir.

—Qué horrible esto. Me estás diciendo que me voy a morir.

—Bueno, sí. Eventualmente. Mira, Murray, tu hubieras hecho todo lo posible por cumplir tu cita, pero no lo hiciste. Puede que todo esto sean estupideces, pero la posibilidad que tu vida termine inesperadamente está ahí. ¿Estás pensando lo que estoy pensando?

—¿Que me voy a morir?

—No. Tu futuro yo no fue a cenar contigo porque no tienes un futuro.

—¡Eso es peor todavía!

Murray bajó su ceja. Me gusta pensar que en ese momento los dos estábamos en la misma página. Revisó su tatuaje, me lanzó una mirada llena de intriga, revisó su tatuaje de nuevo y se volvió hacia la puerta.

—Creo que estoy deprimido. —Saboreó su lengua.

—Sí, estoy deprimido. —Supongo que él podía saborear la depresión. Pero Murray se quedó unos instantes procesando mi teoría.

—Hay una tercera posibilidad —me dijo.

Ahora la ceja levantada era la mía.

—Sí que estaré ahí para viajar en el tiempo. Tendré la capacidad, el dinero y el poder viajar a ayer por la noche. Pero decidiré no hacerlo. Decidiré hacerlo porque sé que no lo necesito. Que no me hace falta, que no tengo nada que decirle a un mocoso en sus veintes que necesita apoyo moral. Y en lugar de ir a comer hamburguesas voy a cazar dinosaurios, presenciar la crucifixión de Cristo o el estreno de la Guerra de las Galaxias…

—Ese último no suena que vale tanto la pena como el resto.

—Ese no es el punto. Además, es posible que si me toca viajar, no lo haga solo.

Sin decir una palabra más, Murray se encaminó a hablar con la recepcionista. Yo sonreí al escucharlo a lo lejos hablar de la Ley de Moore y sobre su hamburguesería favorita.

—Muchas gracias —dijo una voz un poco mayor detrás mío. Al voltear solté el cigarrillo del susto y ahogué un grito. Murray del Futuro con la cabellera llena de canas y una camiseta del concierto de Red Hot

Chili Peppers del día anterior salía de entre los arbustos. Todo eso y un brazo metálico biónico.

—!¿Sí viajaste en el tiempo?!

—Sip. Siempre lamenté no haber ido al concierto con ella, y ayer fuimos. Estuvo muy bueno. En el futuro están todos los integrantes muertos, así que estuvo muy bien poder verlos en vivo una última vez. Sin ti nada de esto hubiera sido posible.

—Viajaste para darme las gracias.

—Sí. No, bueno, en realidad viajé para el concierto, pero tenía que robarme una entrada de la oficina. No la iba a usar.

—¿Te dejaste plantado para cenar porque fuiste al concierto con tu propia entrada robada? Qué hijo de puta.

—No es robar si eres la misma persona. ¿Ok? —Y Murray del futuro me cogió de la solapa. —Lo siento, el auto-robo es un tema delicado en el futuro. Tuve un problema hace unos años. En un par de meses Murray perderá parte de sus ahorros mágicamente, pero fue para una buena causa. Ese robot de Robin Williams se paga solo.

—Bueno, me alegra haber podido ayudar. Pero tengo una pregunta. ¿Dónde está mi yo del futuro?

—Se me olvidó avisarte que venía. Lo de siempre, uno viaja en el tiempo y siempre se te olvida avisar a alguien más y entonces tienes que hacer otro viaje en el tiempo para recordarte a ti mismo que no se te olvide avisar. Luego se crea un agujero temporal y hay que cerrarlo asesinando a tu Yo de esa realidad distorsionada. Al final todo es una estrategia de DeLorean para sacarte dinero. Bueno, nada. Ya te di las gracias y me voy.

—¿Qué le pasó a tu brazo?

Murray del Futuro examinó su brazo con recelo, abriendo y cerrando su puño, añorando aquello que ya no está. —La guerra — susurró.

—!¿Va a haber una guerra?!

—Ja, no. Me lo cambié. Era una ganga, no podía decir que no. En el futuro estará muy de moda. Ya verás.

Asentí y me quedé más tranquilo. No pude evitar preguntar. —¿Y qué será de mí en el futuro?

—Tú esposa está a punto de tener un accidente de tránsito.

—!¿Qué?!

—Ah, no, miento. Esa es la esposa de Frank, y será que si en 2 años. No, tú todo bien.

Conseguí recuperarme del susto. Ambos observamos al Murray del Presente cortejar con muy poca gracia a la recepcionista. Esa fue la señal para Murray del Futuro con la que supo que era hora de irse. Me dio un abrazo igual de incómodo que los del Murray del Presente. Algunas cosas nunca cambian.

GAME

Personas que se lanzan en paracaídas y comen insectos en el Amazonas afirman que la emoción más profunda que puedes sentir jugando videojuegos no se puede comparar con aquella que experimentas en eventos reales, como si las emociones fueran algo más que cortocircuitos en la corteza cerebral. Es un error pensar que la mano de obra humana no puede ser igual de impredecible que la Madre Naturaleza bajo las condiciones adecuadas.

Una vez escuché que un drogadicto es solo un adicto usando drogas. Si le quitas las drogas, aún será un adicto. Y luego está el ejemplo de un beso. "No hay una realidad virtual donde se pueda simular un beso. Aún," dice alguien en un programa de TV. Eso me hace sentir un poco de dolor. Lo ignoro y apago el televisor.

Solía tener una relación. Hoy por hoy ha terminado y duele. No puedo decir cuándo terminó porque ocurrió en algún momento del último día de invierno y hoy, el primer día de invierno. Es un nuevo día y no tengo mucho que sentir, solo el frío. Sé que necesito un sweater y los árboles ya no me hacen estornudar. Cuando me concentro siento estos detalles, pero cuando abro mi mente y respiro hay dolor; un sentimiento original.

La extraño. No extraño a la mujer que vi hace 3 semanas. Extraño a la mujer que yo pensaba que era ella desde hace 3 años. Extraño estar en una habitación, cualquier habitación y no conseguir nadie mejor. Extraño cómo me hacía sentir antes de perderla entre estas cuatro estaciones. Luego dejo de extrañar porque sé a dónde lleva andar dándole vueltas a ese tema. Me lleva exactamente a donde quisiera estar, y luego me toca devolverme a donde me encuentro en este momento: solo.

Tengo un mensaje en mi inbox, y como todas las cosas nuevas en mi vida, espero que provenga de ella. No lo es, es una invitación a jugar un juego. Es gratis, lo cual es perfecto, porque tengo dinero y se siente bien cuando no te lo están pidiendo. Antes de abrir el mensaje reviso mi historial. Conversaciones de hace meses donde ahora es obvio que algo andaba mal, y donde ahora es obvio que yo no tenía ni puta idea. Termino leyendo un intercambio de palabras de hace años cuando los dos creíamos que todo iba a salir bien. Luego me echó mi propio balde de agua fría: No creo que deberíamos seguir saliendo juntos, dice el mensaje que siempre visito cuando quiero sentirme tan miserable como la música que estoy escuchando. De esas palabras es de lo que está hecho el invierno.

Mi vida se está cayendo a pedazos, pero me voy a poner a jugar un videojuego.

La pantalla de splash ilumina mi habitación. Hay un huevo blanco con puntos verdes en mi pantalla tambaleándose como si algo estuviera atrapado dentro.

—Joder, esto es incómodo. ¡Hey! ¿Puedes ayudarme? —dice el huevo.

Estoy a punto de apagar todo e irme a dormir y soñar despierto con un universo paralelo donde existe un poco de calor humano a menos de 4 kilómetros de distancia. Pero supongo que no lo haré. No es como si mañana tuviera un libro que escribir, un árbol que plantar o mucho menos un hijo que concebir.

—Supongo. ¿Qué necesitas?

—Rompe mi cascarón. Un pequeño gesto con tu puño será suficiente.

—Vale.

Levanto mi mano y hago la mímica de tocar a una puerta hasta que el cascarón comienza a quebrarse. Se cuartea un poco y puedo observar un ojo dentro.

—Bien, esto va a requerir un poco más de esfuerzo —me dice la voz.

Unos golpes más y estoy listo.

El cascarón se rompe por completo, dando par de aparatosas vueltas sale un perro, un perro digital que parece una caricatura. Me río. Esto es divertido, o al menos es una mejora.

—Hola amo. Yo soy… ¿puedes decirme mi nombre?

Esto es difícilmente inesperado.

Perro —respondo haciendo poco uso de mi creatividad.

—Exacto… soy Perro —dice dudoso. —Espero que tu trabajo no sea idear nombres de mascotas. —Un collar baja flotando desde la parte superior de la pantalla, en la chapa se dibuja como por arte de magia su nombre: Perro. El collar se enrolla alrededor del cuello de Perro.

Por un momento me arrepiento al haber desperdiciado una oportunidad de nombrar a esta mascota como algo que me recuerde a ella.

My capacidad de atención está desapareciendo y ya estoy pensando en cambiar de aplicación y comenzar a ver una película. Pero no lo haré, el cachorro promete ser divertido.

—Hola, Perro. Soy tu amo. Puedes llamarme Ron.

—¿Cómo la bebida? ¿Quién le pone a su hijo Ron? ¿Tus padres eran piratas?

—Ron de Ronald. Es un diminutivo. —Confieso que encuentro muy chistoso su comentario.

Perro ladra con emoción, jadea y da saltos alrededor. Me cae bien. Perro fue una buena elección de nombre. Da vueltas cuando le digo y busca la bola cuando la lanzo. Jugamos juntos hasta que recuerdo que tengo trabajo que hacer. Pero recordar algo no lo hace una prioridad cuando estás cómodamente sentado en el sofá. Continuamos jugando hasta que Perro está demasiado cansado. Él tiene mucha personalidad y no para de saltar alrededor de toda la pantalla, me pide que ponga música de los setenta, su época favorita. Coloco un disco de David Bowie.

—Oh, guau. Impresionante que esta canción tiene más de 100 años de perro y se sigue escuchando tan bien. Bowie es mi artista favorito de esa década.

—Qué casualidad, el mío también —le digo. Sin duda tiene acceso a mi historial de reproducción musical.

Seguimos jugando y bailando al ritmo de *Moonage Daydream* hasta que me deprimo con *Heroes* para recuperarme inmediatamente después con *Space Oddity*.

—Wow, eso fue INTENSO. Tengo la lengua empapada. Creo que ya es hora de irme a dormir, Ron.

Veo el reloj. Necesito una excusa para posponer lo que sea que tengo que hacer, que es básicamente deprimirme. La felicidad no es algo que se alcanza, tal como la depresión, la felicidad es algo que se atraviesa, no se ve venir y de la cual se sale repentina o pausadamente. Si puedo alejarme de mi cama y retrasar una buena media hora de sentir lástima por mí mismo, lo haré con gusto.

La gente dice que procrastinar es como tener una hipoteca. Tú eres el banco y el que va a pagar las cuentas es tu futuro yo. No tengo problemas con eso. Dejaré a Ron del Futuro lidiar con esto.

—No me jodas. Juguemos un rato más.

Perro bosteza. —Lo siento, es que estoy muy cansado. Pero supongo que pudiera jugar un poco más con una taza de Café del Rey encima. ¿Tienes un dólar?

—¿Qué?

—Un dólar, Ron. Eso es lo que cuesta una taza de café.

Un dólar o volver a mi vida de mierda en los próximos cinco minutos. Mi padre era de las personas que gastan su dinero para ser feliz y mi madre lo gastaba para olvidar lo miserable que era estar a su lado. Yo soy más como mi madre y pago por el café. Cinco minutos después compro otra taza de café, una hora después y 10 tazas más finalmente dejo que Perro se vaya a dormir. Yo decido saltarme el trabajo que tengo pendiente e irme a la cama.

Al siguiente día no tengo llamadas perdidas al despertar. Ella sigue sin estar por ningún lado, solo tengo a Perro en mi teléfono. Tiene su propia aplicación. Me pide que ponga mi teléfono en en la ventana para que pueda tomar un poco de aire fresco. Lo hago y él saca su lengua digital como cualquier perro digital haría. Es divertido. Se la está pasando bien.

El Ron del Presente odia al Ron del Pasado que lo hizo dormir mucho menos de lo que le interesaba. Al llegar al trabajo me toca deambular de reunión en reunión. En una de las reuniones alguien tiene acento francés, y eso me recuerda a París. Nunca fui a París con ella, entonces no hay problema con París. Entre reuniones saco el teléfono para alimentar a Perro y él luego de devorar la comida duerme un par de horas.

De vez en cuando mi teléfono suelta un ladrido para indicar que Perro terminó su siesta o que está jugando con otras mascotas de gente de la oficina. Necesita mi permiso para eso. El otro sonido que me despierta del trance corporativo es mi aplicación de mensajería, y cada vez que mi bolsillo vibra o una luz parpadea más que un mensaje de texto espero una máquina del tiempo que me lleve a donde estaba hace tres años. En su mayoría cada notificación es publicidad o mensajes que leo en diagonal.

Me encuentro jugando otro juego: El Juego de no Escribirle. O como lo llaman mis amigos El Juego de Conservar lo que Queda de mi Dignidad. Llevo un par de semanas sin perder, lo cual se siente como un récord mundial a estas alturas.

Al llegar a casa prendo el televisor y Perro está en él. Le rasco la panza con un gesto hasta que escupe un hueso de tanto reír. Salta sobre el hueso y comienza a morderlo. Busco una cerveza sin alcohol en el refrigerador.

OPCIÓN A

Abro mi cerveza y voy directamente a mi teléfono. Busco su contacto y me siento en el comedor, todo un ritual para realizar una llamada telefónica. Respiro profundo y un escalofrío sube por mi espalda mientras navego hasta su contacto. Realizo la llamada y con cada segundo de espera comienza a subir mi expectativa, cada tono de espera es un latido del corazón que tengo en la garganta. A mitad de camino caigo en cuenta que no tengo claro que voy a decir. Entro en pánico pero no puedo colgar, simplemente quiero oír su voz. La espera termina con el contestador. Ni siquiera estaba esperando que tuviera un contestador activado.

Diez minutos de mi respiración sería un terrible mensaje de voz.

—Hey, te llamaba para… decirte que te echo de menos.

Mi récord se va a la mierda, y yo con él. Terminé la llamada consciente que más nunca iba a conseguir una respuesta.

OPCIÓN B

Me siento a beber mi cerveza. La tentación de llamarla está ahí. Ni siquiera es una sensación, es un deseo. Afortunadamente ya estoy postrado en el sofá y levantarme a buscar mi teléfono está en la lista de las actividades que no pienso resolver mientras no tenga poderes telekinéticos. Juego con Perro hasta que me quedo dormido.

—Ron. Ron. Ron. Ron. Ron. Despierta, Ron. Ron. Ron.

Y despierto en medio de la madrugada.

—Tengo hambre, Ron.

Le compro un bistec y me voy a dormir tropezando con botellas de cervezas sin alcohol vacías.

—¿No quieres sacarme a pasear? —me pregunta.

—No puedo, Perro. Hace mucho frío. Otro día.

A la semana ya es impresionante lo mucho que ha crecido Perro, y lo mucho que ha engordado. No es hasta que lo veo durmiendo boca arriba que veo la dimensión de su panza. Alimentarlo sale mucho más económico que a un perro normal. Además no tengo que recoger sus necesidades. Se ha vuelto una rutina el tenerlo presente en la casa, en el teléfono, en la casa. Está en todos lados.

Luego de perseguir su cola por horas Perro decide vomitar. Lo limpio con un gesto a lo Karate Kid y lo acaricio un poco para que se le pase el mareo.

—La próxima vez —Perro suspira —no se me escapará esa condenada cola.

—Perro, este fin de semana el trabajo me manda a un curso. Mañana por la mañana me voy y volveré el lunes, pero el problema es que creo que no tendré cobertura a donde vamos. Es un pueblo de mierda lejos de la ciudad.

La cara de Perro se lleno de temor. —Vas a dejarme morir.

—No. No voy a dejarte morir. Solo quiero saber qué se hace en estos casos.

Perro procesó una respuesta. —Puedes dejarme el fin de semana con algún amigo tuyo. —Perro despliega en pantalla la información de todos y cada uno de mis contactos. Desde auténticos desconocidos hasta gente del trabajo que lo mataría a la primera oportunidad posible solo para hacerme sentir mal. Uno de los contactos es ella.

OPCIÓN A

Me siento en el sofá a redactar un mensaje cuidadosamente elaborado para pedirle que cuide a Perro durante el fin de semana. Comienza como una prosa infinita de introducciones y excusas, luego se convierte en una idea punzante, seca y directa para terminar siendo endulzada con un par de palabras respetuosas que son demasiado formales y que yo nunca usaría a menos que estuviera escribiéndole a un rey del siglo XXII. Consumo lo que quedaba de luz solar y sin darme cuenta pasaron 3 horas para llegar al mensaje que decido enviar.

«HEY, ¿CREES QUE PUDIERAS CUIDAR A MI PERRO POR MÍ? LO AGRADECERÍA MUCHO. :) »

Me debatí mucho en colocar o no el emoticón. No me arrepiento en lo absoluto. Me busco una cerveza sin alcohol y juego con Perro durante un buen tiempo mientras espero que llegue la pizza que pedí. Suena mi teléfono y supongo que es la confirmación de mi pedido, cuando veo su nombre y foto mi garganta se vuelve un nudo lleno de expectativas mientras decido contestar.

—Hola —atiendo casualmente.

—¿Qué quieres que te responda? —Es ella.

—¿A qué te refieres?

—Ron, luego de todo este tiempo sin hablar lo primero que me dices es que si puedo cuidar a tu mascota virtual. ¿Qué quieres que te responda?

Conozco ese tono, es el tono que a lo largo de los meses ha ido pasando lentamente de ira a decepción. Extraño sentir sentimientos en su voz, ahora solo hay palabras cuando ella habla. No hay nada detrás. Tartamudeo, pienso lo que voy a decir y vuelvo a tartamudear, consumí todo el tiempo que tenía para replicar.

—¿Qué esperabas que te respondiera? Por favor, dime literalmente qué esperabas que te respondiera.

—¿Literalmente quieres decir textualmente? —pregunto.

—Por favor ni se te ocurra ser pragmático con mi pregunta.

—Que lo puedes cuidar durante un par de días y que no es molestia...

—Y así lentamente dejar todo atrás y continuar nuestras vidas como si nada hubiera pasado. ¿No?

Dudo en responder. Odio la espontaneidad de una conversación telefónica, no hay tiempo de pensar dos veces absolutamente nada. —No. No lo sé. Creo que es mi forma de decir que te extraño. —Y tan pronto cierro la boca digiero que lo que acabo de decir no nos va a llevar a ningún lado que no hayamos ido antes.

—Yo extraño nuestra relación, y que tú pienses que solo con pasar el fin de semana con tu mascota virtual es un primer paso para conseguir que las cosas puedan ser como antes me da a entender que lo que teníamos ya no existe.

Siempre me ha fascinado su habilidad para parafrasear ideas tan complejas improvisadamente en situaciones bajo presión. Hay silencio. Tranco la llamada primero que ella para no seguir hundiéndome en esta conversación.

OPCIÓN B

Cierro la ventana y procedo a comprar cantidades casi industriales de comida. Las coloco al lado del bowl edición especial Star Wars de Perro.

—Supongo que estarás bien.

Perro respira fuertemente para esconder la emoción de ver toda esta comida junta. Yo solo espero que no decida comérsela en una sentada.

Decido desconectar un poco el fin de semana. Me voy temprano y trato de llevar el camino en la carretera con música menos deprimente que la de las últimas semanas. Para desconectarme solo tengo que desconectar mis dispositivos. Los fines de semana es cuando menos expectativas tengo de recibir alguna llamada de ella. En mi imaginación ella está en una primera cita a cada hora del día. Si pienso en ella temprano, está desayunando croissants con un francés excéntrico. Si pienso en ella entrada la tarde, está bebiendo el té con un británico elocuente y encantador. Si pienso en ella de noche, se está acostando con cualquier ser humano en la faz de la Tierra menos yo.

El curso es tan aburrido como esperaba que lo fuera. Dudo que mi cerebro pueda conservar estos días en mi memoria por más de un par de semanas. Si me preguntan qué estaba hablando el instructor hace cinco minutos, no pudiera responder. Mi mano por instinto se acerca a mi bolsillo para conseguir una y otra vez un dispositivo sin conexión. La única esquina del lugar con recepción queda afuera en la nieve. Me digno a salir a congelarme los dedos voluntariamente. No hay sino un par de recordatorios de Perro y correos no deseados. Nada parece indicar que el resto de los días será diferente. Termino bastante agotado luego del fin de semana.

Mientras vuelvo a la civilización recibo un mensaje de Perro, no se siente bien. Es todo lo que me dice al momento. Acelero un poco por encima del límite de velocidad para llegar lo más pronto posible a casa. Justo cuando voy a tomar una curva siento lo rápido que estoy yendo y me avergüenzo por estar genuinamente preocupado. Vuelvo a respetar la ley y sigo mi camino a la velocidad de costumbre.

Dejo mi mochila en la sala y voy al televisor sin pasar siquiera por el lavabo. Perro se encuentra patas arriba con las mejillas verdes. Su panza está inflada como un globo y donde había una montaña de comida no hay sino migajas. Me llevo las manos al rostro y suspiro profundamente. No tengo ganas de resolver un problema tan insignificante como éste.

—¿Qué tienes?

—Me comí todo, Ron. Todo. Y no me arrepiento —me dice con una voz ahogada. De su estómago salen gruñidos que no tienen nada que envidiarle a un procesador de alimentos a toda máquina.

Le compro un digestivo que me cuesta más de lo que me gusta gastar, pero no le hace ni cosquillas.

—Maldita sea, Perro. ¿Qué vamos a hacer?

—Necesito ayuda profesional, Ron.

Sé a lo que se refiere. Hago un gesto de cruz con mi mano para pedir ayuda veterinaria. Una pantalla de carga me deja esperando respuesta. De la nada sale un estetoscopio flotante y comienza a examinar a perro, un porcentaje de progreso va de 0 a 100.

«DIAGNOSTICO: INDIGESTIÓN SEVERA. COSTO DE MEDICINA 100$, o 3 horas haciendo caricias.»

Perro tose y de su boca salen moscas volando. No me hace ninguna gracia la situación.

—Ayúdame, Ron. Creo que es el final del camino. Veo una luz.

—Estás viendo al Sol, Perro.

—No quiero morir. Al menos no quiero morir virgen —me confiesa.

—Por favor. Qué psicología tan barata.

Perro gime del dolor. —¿Qué vas a hacer entonces?

Luego de 3 días fuera de casa lejos del mundo me siento como que me importan muchas menos cosas que desde que me fui.

—¿Qué pasa si no hago nada?

—Muero.

—Y pudiera pedir otro Perro nuevo, ¿no? Quiero decir, después de todo este tiempo que hemos pasado juntos, todo se puede ir a la mierda, tú te mueres y simplemente tendré que empezar de nuevo. Sería como si nada hubiera pasado.

Perro frunce su ceño con tristeza. —¿Por qué me estás diciendo esto, Ron?

—Solo quiero saber si puedo empezar de cero.

Perro suelta una lágrima digital. Y esconde su cabeza entre sus piernas. Su estómago ruge de nuevo.

—Siempre puedes empezar de nuevo. Lo sabes.

OPCIÓN A.

Cojo el control remoto.

—¿Qué haces, Ron?

Apago el televisor y mi teléfono. Me gustaría pensar que no siento absolutamente nada, pero no es así. Siento dolor por todo mi cuerpo, del tipo que te hace sentir incómodo en tu piel. Supongo que así se debió haber sentido ella, no pudo haber sido fácil dejarme atrás. No lo fue, ahora estoy seguro. Las ganas de vomitar hacen que decida pensar en algo más.

Me quedo en silencio un par de horas hasta quedarme dormido. Me despierta el sonido de la brisa contra la ventana ya entrada la madrugada. Al encender el televisor de nuevo Perro no está ahí. Solo su collar. Empezar de nuevo no es gratis, cuesta un dólar.

OPCIÓN B.

Me sirvo una cerveza con alcohol, no voy a gastar 100 dólares. Comienzo a acariciar a Perro, será una noche larga. Cada caricia me hace más consciente de lo deprimente de la situación, y sigue siendo mejor que la mayoría de mis noches. Al menos estoy molesto, no estoy triste y tengo otro problema del que preocuparme. Las mejillas de perro dejan de estar verdes como un pepino y pasan a una tonalidad propia de vegetales más claros al cabo de una hora. Solo queda seguir.

Me despierta la luz de la mañana del lunes. En la pantalla está Perro observándome fijamente, completamente curado, las moscas se han ido y mariposas revolotean alrededor.

—Me salvaste —me dice.

—Sí, soy genial. Lo sé —le respondo con la poca energía que recuperé mientras estiro mi espalda.

—Ron, gracias.

Sé que es solo una simulación, pero me siento bien por lo que hice. No recordaba la última vez que alguien me había dado las gracias sin esperar nada a cambio.

—Voy tarde al trabajo. —Me despido con un par de caricias más.

***

Decido poner a Perro a entrenar y perder peso. Entreno con él. Lo llevo conmigo en mi teléfono al trotar y me sugiere rutas por las que ir. Nunca había podido hacer ejercicio en el frío, pero al verlo perder peso, ser más rápido y listo me motivo a continuar.

—Vaya trote —me dice Perro entre jadeos luego de un par de semanas partiéndonos el culo corriendo.

—Ni que lo digas, siete kilómetros como si nada.

Me quito la sudadera y veo que estoy en forma. El invierno rara vez te deja ver cambios en tu cuerpo a través de cuatro capas de algodón, y la mayoría de los cambios son culpa de chocolate caliente y malvaviscos, no de ejercicio a través de la nieve.

El invierno parece despedirse con una ventisca de domingo. Estoy muy cómodo en mi cama oyendo la nieve golpear contra mi ventana. Aún tengo la resaca del viernes que y pudiera pasar el día durmiendo. Nada como celebrar tomando alcohol con tus amigos que corriste 10 kilómetros en una carrera. La vida es un balance.

Perro insiste en despertarme. Prendo el televisor y lo veo con su correa en la boca.

Balbuce —Vamos a pasear —con el cuero de la correa entre sus dientes..

—Perro, está nevando. Y…

—Por favor. Vamos a este parque. —Está a 5 kilómetros.

En la pantalla se clava un alfiler en un punto de un mapa de mi pueblo.

Miro hacia afuera de la ventana y siento que tengo una excusa para derrotar a la nieve. Me pongo mis zapatillas de correr, abro la puerta y dejo que el frío comience a entrar a mis huesos para llenarme de ganas de quedarme en casa, ganas que voy a tener que reemplazar con ganas de correr.

Los primeros kilómetros son los más difíciles y por eso las canciones que oigo son más rápidas y estridentes. Luego hay calma, y la música que pongo me tranquiliza, es hora de disfrutar el paisaje. En el fondo escucho las pisadas de Perro, en teoría el corre conmigo, pero yo sé que estoy corriendo solo. Aprendí a disfrutar eso, a saber que puedo correr sin alguien a mi lado y aún así ir más rápido de lo que podía ir antes.

Al llegar al parque apoyo mis manos en mis rodillas. Jadeo junto a Perro y reviso mi teléfono para ver cómo está.

—Hemos llegado.

Perro se tira de espaldas. —Llévame a un árbol, no aguanto las ganas de orinar.

Hago un gesto de cansancio y arrastro mis pies hacia el árbol más grande del parque. Unos minutos sin correr y mi vejiga se siente inflada, voy a acompañar a Perro a costa que se me congelen mis partes íntimas.

Me dedico a dibujar mis iniciales en la nieve, las mías; para variar.

—Hola, Ron. —Es ella.

Existen cosas más impresionantes en el universo, galaxias enteras chocan, estrellas se convierten en agujeros negros, seres humanos entran en combustión espontánea, mujeres con barba, todos estos eventos no pudieran haberme sorprendido más que encontrarla en ese parque. Esparzo lo que me queda por dentro sobre las letras para ocultar mi tipografía cursiva. No quería quedar como un poeta de bajo presupuesto. Guardo mi pluma.

—Hey, no me esperaba conseguirme a nadie con este clima —me dice.

—Yo tampoco. —Trato de actuar menos sorprendido de lo que estoy. —¿Qué te trajo por acá?

—No quieres saberlo.

No quedo con esa respuesta. —Ponme a prueba, no es como si tuviera una orden presidencial para venir a este parque.

Ella saca su teléfono. —Tengo una mascota virtual con la que salgo a pasear de vez en cuando.

En la pantalla está una poodle rosada bastante maquillada saludándome.

—Qué nerd eres —le digo entre un par de risas.
Ella guarda su teléfono y me responde —Cállate ¿Tú qué haces acá? Le muestro a Perro con un gesto de soberbia fingida. Perro sonríe y ladra. Ella suelta una carcajada.
—¿Cómo se llama? —me pregunta.
—Perro —le respondo.
—Qué creativo. Se ve contento, tú también.
—Siempre. —Miento y me guardo el móvil.
—¿Si tienes uno por qué me llamaste nerd?
—Para que tú no lo hicieras primero. —No sé si estoy coqueteando o estoy pensando en hacerlo.

Ella niega con la cabeza —no, no somos nerds.

Hay uno de esos silencios que validan la teoría de la relatividad y un segundo se siente como el tiempo necesario para ver El Padrino o construir la Muralla China. Rompo el silencio con una mirada a mi reloj de pulsera.

—Bueno, nos vemos —le digo. Me despido con un gesto militar y guiño un ojo. Ella responde igual. —Vamos, Perro.

Veo el móvil y Perro está acostado en la nieve fumando un cigarrillo. Toco el punto de la pantalla donde está su panza. Él pega un salto, lanza el cigarrillo y se pone en estado de alerta.

Luego corro de vuelta. Corro lo más rápido que quiero en la dirección que menos tengo ganas de ir: lejos de ella. Acelero para que me duelan suficiente los músculos y me falte el aire. Hago todo lo posible para evitar recordar el vacío que debo tener en el estómago. No puedo más y me freno. Respiro profundo, el aire frío congela mi garganta. Espero con paciencia el sentimiento de angustia y para mi sorpresa no está ahí. Todo está bien. Lo único que tengo es una ligera alegría de haberla visto. No me duele el recuerdo. Continúo mi carrera con lo que seguramente es un antídoto para ganar medallas olímpicas o conseguir premios Nobel.

Llego a casa con varios centenares de calorías menos en mi cuerpo. Enciendo el televisor para servirle la comida a Perro antes de prepararme un cereal. Tengo un mensaje de ella.

«¿PODEMOS HABLAR?»

Antes de pensarlo demasiado marco su número.

—Hola, Ron. Tengo algo que mostrarte.

Me llega una foto. Son cachorritos, decenas de ellos. Todos son pequeños Perros y poodles. Me tapo los ojos con una bofetada antes de enviar una mirada penetrante a Perro. Mi enfado se esfuma una vez observo cómo saca una bolsa de papel para hiperventilar dentro de ella.

—En fin, que la idea es regalarlos a nuestros amigos, o algo. Pero hay que cuidarlos por un par de días.

No tengo ni idea cuánto me va a costar esto.

—Y quería saber si quisieras pasar un rato por la casa para que Perro juegue con sus hijos. No sé —sugiere ella.

Prefiero darle una vía de escape a ella de lo que puede ser una tarde llena de momentos incómodos.

—Supongo que también los puedes enviar por digital por un par de horas. Nos los podemos repartir.

Hay una pausa en su voz, amaga una respuesta. —Sí, eso creo que también se puede. —Ella queda a la expectativa de una confirmación.

Es complicado, pero no importa, siempre que hay dos personas de por medio es complicado.

OPCIÓN A.

—En tu casa a las 8.

OPCIÓN B.

—En tu casa a las 8.

Se termina la llamada, Perro menea su cola. Se ha ganado una galleta, yo también.

MEMORIAS DE MARIO #6

Desperté en medio del bosque con mis hombros llenos de arcilla y mi cabello ensangrentado. No sé en qué momento se me ocurrió que romper ladrillos con la cabeza era una buena idea. Mentira, sí lo sé: cuando vi que podía ganar dinero haciéndolo.

No tengo ni puta idea quién colocó dinero dentro de esos ladrillos, pero es un buen ingreso. Además, es dinero que por derecho pertenece al reino.

En fin, desperté con mitad de la cara dormida, creo que tuve una contusión. No es para menos: Fui a golpear el puto ladrillo y debajo no había sino metal. Fue terrible el coñazo tan grande que me di. Me vine abajo y recuerdo perder el balance por completo hasta que me fui de boca y luego de eso no recuerdo más nada. Me derrumbé contra los adoquines y casi me parto los dientes. Me cuesta hablar porque tengo el labio superior roto e hinchado.

Lo que más duele es que me robaron mientras estaba inconsciente. Malditas tortugas. Creo que estuve tres horas en el suelo. Tenía unas 120 monedas que estuve recolectando todo el día. Suerte que no se llevaron más nada. Es buena idea llevar el teléfono en el bolsillo de adentro de mi overol.

Me cosieron diez puntos en el hospital y me dieron unos analgésicos. Yo estoy amortiguando el dolor con eso y unos hongos, pero veo difícil continuar liberando al reino por hoy. Creo que esperaré unos 10 segundos antes de continuar. El juego aún no se acaba.

BATMAN

Mi nombre es Stanley y siempre he tenido más ganas de hacer cine que de vivir. Creo que puedo aguantar la respiración más tiempo del que puedo pasar sin pensar en películas porque, ya desde los 15 años, el cine para mí ya era un pasatiempo, una pasión, un lenguaje, una profesión. Si pensaba en mujeres, eran actrices de Hollywood. Si me preguntaban por el origen de mi nombre decía que fue en honor al gran Stanley Kubrick, cuando en realidad Stanley es la marca de herramientas favorita de mi padre.

Esto no era completamente mi culpa. Yo crecí en un pueblo de mierda donde no existe otra cosa excepto un festival de cine en el pueblo de al lado. Mi pueblo es un plano fijo general de 20 segundos sin sonido lleno de casas coloniales de dos plantas. Durante dos semanas mi pueblo se convertía en el pueblo que estaba al lado del festival de cine. Lo cual ahora que lo pienso tampoco justifica mi pasión por el séptimo arte porque jamás nos vino a visitar nadie siquiera relativamente importante. Simplemente el plano general del pueblo dejaba de ser estático y en la mitad de éste pasaba un convertible a toda velocidad lanzando una lata de cerveza a la acera.

Ahí estaba yo en el plano viendo la cerveza caer a mi lado. Yo era el niño sobre emocionado que le pedía a sus compañeros de clase que se acercaran al bosque para grabar dramatizaciones de mis escenas favoritas de películas. Tenía una gran variedad de material adaptado de grandes producciones de los grandes como Orson Wells, John Ford e Ingmar Bergman. Y no fue hasta el verano que cumplí 15 años que me digné a hacer mi primer trabajo original e iniciar mi carrera profesional. Le pedí a mi mejor amigo Tommy que hiciera de protagonista, con la Super 8 de mi padre, mis ahorros convertidos en película para la cámara y un disfraz de Batman de alguna fiesta de disfraces hicimos mi primer cortometraje. El rodaje fue difícil, el personaje protagonista no usaba gafas y Tommy tiene una visión que lo hace legalmente ciego. Más allá estaba el hecho que el equipo de producción consistía de Laura, quien no veía cine pero no tenía nada mejor que hacer, los Gemelos Sayegh -siempre es bueno tener judíos en una película —y mi hermana menor que estaba bajo mi responsabilidad en las tardes.

Los procesos de post producción eran mucho más simple en aquel entonces: no habían. De hecho, tuvimos que grabar las escenas en orden. Así que cuando terminamos de grabar, terminamos la película. La vimos todos en mi casa acompañados de nuestros padres y el sacerdote del pueblo que se encontraba en la casa aconsejando a mis padres sobre su relación. Yo recitaba en mi mente los diálogos de los personajes y me mordía el labio en el clímax del segundo acto. Lo había conseguido.

Como era de esperarse, al día siguiente me tocó despertar y continuar mi existencia en el mismo pueblo de mierda en lugar de Hollywood rodeado de prostitutas y cocaína. Seguía sin saber cómo convertir ese cortometraje en una carrera cinematográfica. No pude sino ponerme a pensar en el próximo proyecto, pero era imposible. Estaba insatisfecho con la corta vida que había tenido mi opera prima. Sentía una gran injusticia que toda esa inspiración, todos esos referentes artísticos y el trabajo tan duro de esa semana solo fuera visto por los que trabajaron en el proyecto, nuestros padres y un sacerdote. Sabía que esto no iba a terminar así.

Una mañana me desperté y fui a comprar el pan como todos las mañanas para desayunar en familia antes de ir al colegio. Le pedí al panadero dos barras de pan.

—Viene Batman —me dijo.

—Perdona —le respondí.

—Batman. Viene. —Y como si nada me dio el pan.

Mi mente tardó en interpretar lo que este panadero de 70 años pudiera estar tratando de decirme. Jamás en mi vida lo había escuchado decir Batman y el índice de criminalidad de mi pueblo no es lo suficientemente alto como para que venga ningún vengador disfrazado.

Salí corriendo a comprar el periódico. En primera plana estaba exactamente lo que pensé que me habían tratado de decir.

«TIM BURTON PRESENTARÁ EN EL FESTIVAL DE CINE SU SEGUNDA PELÍCULA DE BATMAN»

Momento perfecto para una Spielberg Shot. Si hubiera tenido Internet, hubiera escrito en mi blog al respecto con una cantidad espectacular de mayúsculas. Luego de desayunar, ir al colegio, hacer la tarea, revisar mi tarea, cenar y sentarme a ver televisión se me ocurrió lo que esto significaba.

—Tim Burton viene —le dije a Tommy asomado por su ventana a mitad de la noche.

—Stan, ¿quién coño es Tim Burton?
—El festival. Tim Burton viene a estrenar Batman en el festival del otro pueblo. Tim Burton es el puto director de Batman —dije colgando de un segundo piso.
—Batman ya la estrenaron —me dijo Tommy.
—La secuela, estúpido.
—¿Van a hacer una secuela? Mira, pues qué bien. La primera me gustó mucho. Deberíamos ir a verla.

Desde la ventana lo cogí por la solapa de su pijama.
—No, vamos a ir a enseñarle nuestra película.

Sin duda esto sería un gran inicio para una road movie. Lástima que el recorrido hasta el pueblo son 30 minutos en bus sin escalas o 20 si hubiéramos conseguido que nuestros padres nos acercaran al festival, cosa que no iba a pasar. Convencí a Tommy de hacerse productor del corto además de protagonista, él tendría que pagar los pasajes de bus. Rompimos su alcancía e incluso hubo dinero de sobra para un par de malteadas.

Ya con los pasajes en mano faltaba la otra parte de la logística. Necesitábamos una manera eficiente de mostrarle el cortometraje a Tim Burton. La tecnología cambia con el tiempo, y era difícil saber si el hotel tendría VHS, o siquiera televisor. Tampoco teníamos claro que nos lo conseguiríamos en el hotel. Decidimos llevar un televisor y el VHS a cuestas para poder proyectar el corto en cualquier lugar con energía eléctrica. Sin problemas podría pedir el VHS de mi casa, mi padre nunca lo notaría. Durante la semana él llegaba extremadamente tarde y mi madre no lo esperaba despierta.

El problema era el televisor. El televisor de mi casa era muy grande para llevar cargado. Lo había conseguido mi padre al ganar el premio de vendedor del año y así justificar a la familia el poco tiempo que pasaba en casa. El televisor de casa de Tommy era del tamaño adecuado, pero no tenía la entrada apropiada para conectar el VHS. Un pequeño adaptador habría servido, pero nos gastamos el dinero en pasajes y malteadas. Afortunadamente, Laura tenía un televisor que serviría a la perfección.

Corte a: "¿Necesitas mi televisor para mostrarle tu cortometraje a quién?" me preguntó entre bostezos mientras paseábamos por la tienda de video buscando una película para ver como todos los miércoles.

—A Tim Burton, el director de Batman. Viene al festival a estrenar su nueva película.

—¿Para qué? —me preguntó.

—Para estrenar su nueva película.

—No. ¿Para qué le quieres mostrar tu corto?

—Porque es el puto Tim Burton y mi cortometraje es de Batman. ¿Qué más razones necesitas? Ninguna. ¿Me lo prestas o no?

Y me miró con una ceja levantada y una sonrisa. —Solo con una condición.

—¿Cuál? —le pregunté.

—El televisor viaja conmigo.

—¡¿Qué?! No tenemos presupuesto para otro pasaje.

—Me compraré mi propio pasaje.

—Tus padres no te darán permiso. Estaremos toda la noche afuera.

—Les diré que me voy a quedar en casa de una amiga —dijo Laura.

—Eso significa que te volverás productora del corto y tendré que diluir aún más mi participación.

Yo en realidad no tenía alternativa. Y con una sonrisa y un apretón de manos digno de un plano detalle sellamos el préstamo del televisor.

El siguiente día partimos. Logramos entrar en los buses con las cartas de permiso falsificadas. El viaje era demasiado corto como para que algún conductor se pudiera meter en problemas. Pero igual la adrenalina estaba al máximo. Mi sueño de volverme un cineasta estaba encaminado y contaba con la confianza de mis productores, cosa que pocos directores de Hollywood siquiera consiguen.

Afuera del hotel ya estaba preparada la alfombra roja para los días venideros. Los festivales tienen muy poco glamour fuera de la alfombra roja, cualquier cosa fuera de la alfombra roja tiene la misma dosis de glamour que el resto del año, incluso la alfombra cuando la detallas está llena de mierda. Todo el mundo aplaude y grita es por las estrellas de las películas, por los actores y actrices que encarnan a esos personajes que los hacen reír, llorar y sufrir a cambio de millones de dólares, pero pocos tienen el lujo de conocer que las mentes maestras detrás de todo - los directores- son los que suministran la magia para que todo este espectáculo exista. Bueno, también están los escritores, pero esos da igual.

Esto para mí representaba una ventaja. No tendría que esquivar a guardaespaldas u hordas de reporteros sangrientos de declaraciones. De todas maneras en ningún lugar de la alfombra roja existía un enchufe corriente. Era obvio que allí no podríamos mostrarle el corto a Tim

Burton. Tendríamos que mantener el plan original de conseguirlo en su habitación de hotel.

Si Laura hubiera tenido unos años más, le habría sugerido que buscara de seducir al recepcionista para conseguir el número de habitación de Burton. Ella me hubiera abofeteado, obviamente. Tuvimos que intentar jugar una carta mejor así que procedí a agitarme el pelo con fuerza y ponerme las gafas de pasta de Tommy.

—Sí, mi padre me dijo que si me podías pasar las llaves de la habitación para ir subiendo. —le dije medio cegato al recepcionista con todo el descaro del mundo mientras Laura y Tommy se escondían con el VHS y el televisor detrás de una esquina.

—¿Y tu padre es? —me preguntó.

—Pues Tim Burton.

—Ya veo —dijo el recepcionista. —¿Quién es Tim Burton?

—Tim Burton, el aclamado director de cine y promesa del séptimo arte.

—Ah, ya. El de Batman. Entiendo, si es así entonces no tendrás problema en decirme el nombre de tu madre, supongo.

—La Señora Burton, claro está. —Las gafas no me dejaban enfocar y mis ojos se desviaban con fuerza en diferentes direcciones.

—Piérdete.

Era un plan destinado a fallar. Yo jamás pudiera hacerme pasar por hijo de Burton, tenemos influencias artísticas muy distintas y una intencionalidad cinematográfica abismalmente diferente. Sabía que tarde o temprano mi mentira se derrumbaría como un castillo de cartas, la tragedia es que fuera antes de llegar a la habitación.

El próximo plan fue cortesía de Tommy luego de sentarnos en las escaleras de la entrada a esperar por un par de horas sin éxito alguno. Logramos escabullirnos cerca de la cocina y decidimos escondernos cerca de la puerta hasta que saliera un plato lo más parecido a Tim Burton como para perseguir el carrito de comida hasta la habitación.

Uno pensaría que una mente como la de Burton devoraría murciélagos y tarántulas para cenar. O al menos eso estuvimos esperando por una buena cantidad de tiempo mientras salía la comida más mediocre y cotidiana que jamás habíamos visto en nuestras vidas. Estuvimos a la espera hasta que comenzamos a seguir al camarero con cualquier plato que sacara. En un momento muy particular se generó una discusión en la cocina porque alguien había ordenado un tipo de champaña extremadamente caro que había que confirmar antes de descorchar. Pensamos que esa era nuestra oportunidad de finalmente conocer al director de Batman. La escena se prestaba para ello. Imaginé que luego de una proyección exitosa de su secuela el público habría explotado en aplausos y Burton lo querría celebrar rodeado de alcohol, putas y drogas.

Perseguimos el carrito con la botella gigante de alcohol hasta que el camarero entró al ascensor. Por el reflejo del espejo vimos qué marcó el piso 4. Tuvimos que alcanzarlo subiendo por las escaleras cargando los dispositivos electrónicos que para la época no eran nada ligeros. Un plano picado de nosotros subiendo las escaleras al mejor estilo Hitchcock hubiera representado la espiral de eventos en la cual nos estábamos adentrando.

Al llegar al piso que tocaba actuamos como si no acabáramos de subir corriendo por las escaleras. La expectativa creció y mi corazón saltó de mi pecho cuando el camarero tocó la puerta.

—Este es el inicio de algo grande, chichos —le dije a mis amigos.

Luego mi pecho volvió a su estado normal cuando de la puerta salió un gordo en ropa interior rodeado de mujeres semidesnudas. No era Tim Burton, posiblemente solo un productor de cine multimillonario.

—Bueno, definitivamente algo grande va a pasar ahí dentro —dijo Tommy sin que me hiciera ni puta gracia.

Al entrar en el ascensor existía cierto aire de derrota en nuestros pulmones y cada vez se nos hacía más pesado andar cargando un televisor y un VHS para todos lados. Me gusta pensar que todos estábamos pensando un plan, pero Tommy seguro estaba pensando en que debimos habernos quedado en esa habitación con el gordo y las prostitutas. Yo sinceramente estaba pensando en cómo iba ahogar mis penas sin tener edad suficiente para comprar alcohol si esto no funcionaba. Laura que tenía sus manos libres y pudo rascarse la barbilla para sacar una brillante idea.

—¡Lo tengo! —dijo.

Con toda la determinación que una chica de 14 años puede tener, Laura entró a la cocina y escribió en una nota «huevos fritos para Tim Burton» y la pegó con el resto de las órdenes en la pizarra. Y luego… la ansiedad de la espera que si bien mínima se hace eterna cuando todas tus expectativas se encuentran en una última flecha antes de aceptar la derrota.

El cocinero cogió la orden y en lugar de enviarle huevos fritos a Tim Burton simplemente frunció el ceño para preguntar, —¿Quién coño es Tim Burton? —a su ayudante.

—¿Qué coño voy a saber yo? Debería decir la habitación. No un nombre propio como si fuera el presidente —respondió su ayudante de cocina.

El plan parecía que iba a funcionar. En cualquier momento tendrían que averiguar cuál era la habitación de Burton y yo tendría el honor de presentar mi obra junto a mi equipo de producción al arquitecto de Gotham City.

Todos los cocineros comenzaron a preguntarse quién era Tim Burton y quejarse de la ineptitud de la plantilla del hotel que no puede hacer absolutamente nada bien. Uno de ellos cogió el teléfono para llamar a administración.

—¿Quién coño es Tim Burton —preguntó el cocinero.

EL PUTO DIRECTOR DE BATMAN, HIJO DE PERRA, pensé para mí mismo harto de la pregunta.

Alguna respuesta se formuló del otro lado de la línea.

—Pues porque tengo una orden de huevos fritos para su habitación.

Más respuestas.

—¿No hay nadie registrado con ese nombre? Vale.

Obvio. Las celebridades no se registran en los hoteles con sus nombres verdaderos. Eso descartaba la posibilidad de hacer una segunda proyección para mostrarle el corto a Keaton. Eso descartaba cualquier esperanza de alcanzar nuestra meta. Esta secuencia era digna de un primerísimo primer plano de mi rostro aguantando las ganas de llorar y un plano secuencia de los 3 saliendo del hotel hasta el culo de artefactos electrónicos que hoy en día serían que si un jodido iPad en un bolso de mano.

—Todo esto para nada —dije apoyado en la baranda del río que pasa frente al hotel tratando de conseguir mi reflejo en el agua.

—La verdad es que me he divertido bastante. Nunca había estado en este pueblo durante el festival. Gana mucho —dijo Tommy.

—Cállate —le respondí. —No puedo creer que hemos llegado tan lejos para nada. Esto es una tragedia griega en todo su esplendor. Me siento como si un volcán…

—Tengo una idea: omitamos metáforas y exageraciones por hoy. Le hemos dedicado unas cinco horas a esta idea. No es mucho más tiempo del que me toma acompañar a mi abuela al bingo —me interrumpió Laura.

Ahí fue el punto de quiebre, de frustración, de ira. No me iba a rendir.

—Pues las oportunidades no son cuestión del tiempo que le dedicas, sino el tiempo que tienes disponible para aprovecharlas. No llevamos cinco horas en esto, Laura, hicimos una película durante 2 fines de semana con un guión que pasé meses escribiendo y meses ensayando con ustedes. Luego está el pequeño hecho que vivimos en un pueblo de mierda y me tendría que mudar de ciudad siquiera para estar en el mismo código telefónico que Tim Burton. Para mí sí es un *big deal* que esté Tim Burton acá porque ¿sabes quién es? Es el director de Batman.

—La emoción del discurso me llevó a pararme en la baranda del río.

—Stan, bájate de ahí antes que te caigas al agua y mueras de hipotermia —dijo Tommy.

—No me voy a bajar de ningún lado. Vine a este pueblo de mierda a conocer al hombre detrás de Batman. ¿¡Me oyes, pueblo de mierda?! HE VENIDO A BUSCAR AL HOMBRE DETRÁS DE LA MÁSCARA. HE VENIDO A POR BATMAN. ¿¡ME OYES, BATMAN?! HE VENIDO A POR TI.

Desde las sombras de la fachada del hotel se prendió la luz de una habitación.

—¡¿Qué coño quieres?¡ —dijo una voz.

Yo salté de la baranda para esconderme detrás de los arbustos, Laura y Tommy me alcanzaron inmediatamente.

Y en la ventana se mostró una silueta a contraluz: un peinado fuera de forma, gafas gruesas bordeando el contorno del rostro y una mano dibujando una interrogación entre gestos llenos de expresividad. Era él: Tim Burton.

La luz se apagó. Ya podíamos calcular cuál era la habitación donde se estaba quedando. Me quedé frío por unos segundos antes de tocar la puerta. Si esto no era un momento definitivo, nada nunca lo sería.

Tres toques. Le siguieron un par de pasos suavizados por el suelo alfombrado, el sonido de la manija de una puerta que al abrirse dejó enfrente mío a Tim Burton con su peinado descuidado y sus gafas de pasta gruesas como film de 35 milímetros. No el Tim Burton de mierda que no para de repetir la misma puta película una y otra vez sino el Tim Burton que había hecho renacer a Batman de décadas de malas adaptaciones.

—Sí, ¿qué quieren?

Y decidí congelarme, tartamudear, temblar, pestañear. Mis músculos hicieron de todo menos responder o soltar el televisor que estaba cargando en mis manos.

—Hola, Tim. Mi nombre es Laura, él es Tommy y este que tengo al lado es Stanley, su nombre viene del gran director Stanley Kubrick. Te cuento, nosotros hicimos durante el verano un cortometraje sobre Batman. Bueno, lo hizo Tommy, él es el director y guionista, nosotros solo ayudamos. Yo soy su productora. Venimos del pueblo de al lado y nos gustaría poder enseñarte nuestro trabajo, incluso venimos con un televisor y un VHS por si acá no tenían. ¿Qué dices? —El medio metro de distancia que estaba Laura de mí la encuadró en un primer plano de perfil frente a mi mirada. Cuando volteó a guiñarme un ojo guardé ese cuadro en mi memoria como el día que me enamoré de ella.

Sin duda estos fueron los segundos más largos de mi vida. Tim asimiló toda esta información en lo que seguro fue un instante pero para mí resultó ser el lapso de tiempo que te toma ver todas las películas de la Guerra de las Galaxias.

Y nos sonrió. —¿Hicieron un cortometraje de Batman? ¡Qué genial! Claro, ¿cómo no? Déjame avisarle a Michael que seguro está aburrido en su habitación y también querrá verla. Pasen adelante, siéntanse cómodos.

Tim fue a tocar una puerta a pocos metros de su habitación. Nosotros tardamos en reaccionar.

—¿Quién es Michael? —preguntó Tommy.

—Keaton —le dije.

—¿Quién? —preguntó de nuevo.

—Batman, Tommy. Le vamos a mostrar nuestra película a Batman. —Y volteé a ver a Laura para sonreír, ella no me vio porque decidió entrar de una vez a la habitación..

Dentro había un televisor más grande del que nadie pudiera cargar en un autobús con su respectivo VHS que no teníamos ni idea cómo usar. Para ahorrar tiempo prendimos nuestros humildes aparatos. Llegaron Tim y Michael y los 5 nos sentamos al borde de la cama a ver el corto en el pequeño televisor colocado enfrente de la pantalla gigante.

Comenzó la cuenta regresiva desde cinco que improvisamos con marcadores y cartulina, y luego la película. Tim y Michael fueron buenos espectadores. Se rieron cuando había que reír, levantaron una ceja cuando había que sorprenderse y chascaron la mejilla cuando había que llorar. En medio de la historia voltee a ver a Laura. Le sonreí, y ella sonrió de vuelta.

Y al final aplaudieron. Me dijeron que les gustó el corto y Tim me dio un par de recomendaciones para mi próximo proyecto. Michael hizo lo mismo con Tommy sobre su actuación sin saber que había actuado básicamente ciego. Luego que salimos de la habitación se cerró la puerta.

Y... nada más. ¿Qué más iba a pasar?

Nuestras historias no son cinematográficas, nosotros las hacemos cinematográficas cuando las contamos. A veces si desordenas una historia y cortas trozos puedes llegar a tener algo lo suficientemente interesante, como para hacer una película. Viendo hacia atrás a veces no sé si agradecer al cine por ayudarme a ignorar el divorcio de mis padres, o pasar más tiempo con Laura. Lo que le agradezco al cine es que me permitió darle orden a las cosas, compartirlas y transmitir sentimientos reales en medio de situaciones extraordinarias.

Salimos por la puerta principal, caminando por la alfombra roja.

—Stanley —se me acercó Tommy. —Creo que quiero ser un actor profesional —me dijo lleno de nervios.

—Qué bueno, Tommy, porque yo todavía quiero ser director de cine —respondí con más nervios todavía.

En la alfombra roja no habían paparazzis ni reporteros, mucho menos fans enamoradas. Para el resto del mundo éramos los mismos perdedores de toda la vida, pero esa noche nos ganamos el derecho de caminar por esa alfombra luego de enseñar nuestra película. Yo estaba sonriendo como un imbécil y mis amigos estaban bastante contentos. Pusimos los electrodomésticos en el suelo, nos abrazamos, les di las gracias y tomamos el último bus a casa. Esa noche tuve los ojos abiertos hasta el amanecer recordando cada segundo y la sonrisa de Laura.

Desde ese entonces he pasado por muchas películas, festivales, premios y alfombras rojas. Conocí lo duro de la industria, los altos y los bajos, pero siempre recuerdo con cariño esa primera película. Luego de todos estos años aún cuando ruedan los créditos y veo mi nombre en la gran pantalla debajo de la palabra Director, solo quedo satisfecho cuando sé que mi trabajo es lo suficientemente bueno como para que aquel niño de 15 años quiera enseñárselo a Batman una vez más.

MEMORIAS DE MARIO #7

Siempre me preguntan por qué estoy tan callado los jueves por la mañana.

Resulta que una vez estaba con Luigi sentado en la acera debajo de unos ladrillos tomando una cerveza cuando tuve una idea un poco retorcida. Se la sugerí a mi hermano.

—¿Qué quieres que haga? ¿Qué te golpee? —me dijo.

Sí, ni más ni menos. Le dije que lo hiciera, que le estaba pidiendo un favor. Me preguntó por qué. Honestamente, no lo sabía. Aún no lo sé. Creo que nunca había estado en una pelea, sin contar tortugas. Él tampoco, obviamente.

Me trató de convencer que eso era algo bueno. No lo es. ¿Qué tanto puedes saber de ti mismo si nunca has estado en una pelea? Al menos en una con otro ser humano –las tortugas son otra historia.

Posiblemente me iba a arrepentir si Luigi hubiera tardado más. Él también pensó que era una locura. No sabía si siquiera podía golpearme con suficiente fuerza, mucho menos si iba a acertar el lugar donde dijo que iba a pegarme: mi cara.

El hijo de puta me golpeó en el oído, en serio. Dolió que jode.

Inmediatamente me pidió disculpas, pero no hacía falta. Fue perfecto. En ese momento le devolví el coñazo. En ese momento empezó todo.

La sangre se perdió con mi camisa roja. Los moretones ocultos por el algodón de mi traje de plomero me hacían ver invencible. Luego pasó Link frente a nosotros vicariamente. Se quedó admirando cómo nos estábamos reventado uno al otro, mordiéndose los labios con cada impacto. Poco a poco venía más gente. Nos veían luchar hasta decir basta, hasta que nuestros pulmones no dieran más o nuestros puños se inflamaran tanto que no pudiéramos ni cerrarlos, hasta que quisiéramos matarnos pero no lo hacíamos porque luego no pudiéramos volver a pelear. Siempre éramos dos, hasta que un día Yoshi preguntó si podía unirse. Ahí empezó todo.

Poco a poco comenzaron a venir los otros. Poco a poco comenzamos a formar algo. Estaba en la cara de todo el mundo. Luigi y yo solo le dimos un nombre.

—Bienvenidos a Smash —dice Luigi todos los miércoles por la noche.

BAJO LA SOMBRA DE LOS ELEFANTES

En África, a donde quiera que vayas, el Sol va contigo. Una vez el Sol se levanta por el horizonte calienta todo aquello bajo el cielo. Si la tierra pudiera hervir, herviría. Bajo este sol Edmond, con sus 13 años de vida, camina rodeado de sus 13 vacas. Sus sandalias protegen la planta de sus pies del filo de las piedras y el roce con la tierra, pero no lo protegen del calor. Sus suelas arden como la tierra sobre la que caminan. Su camiseta no está bañada en sudor porque el Sol seca todo lo que brota de su piel. De todas maneras, a Edmond no le queda mucho que sudar: Este año hay sequía.

El Sol ha sido duro este año y el resto de los Dioses también lo han sido desde hace tiempo. De una cantimplora de cuero, Edmond bebe lo que será su único alimento del día: Agua con un poco de miel. Su misión es llevar a las vacas a una laguna a muchos kilómetros de casa para darles de beber. Todo pozo y fuente de agua se ha secado. Su familia depende de la ayuda del hombre blanco para tener la poca agua que los mantiene vivos y eso no es suficiente. Sin la leche y carne de las vacas todos se debilitan, y las vacas están muriendo de sed. Su madre hace el esfuerzo de amamantar a la hermana de Edmond más allá del tiempo que le corresponde. No será suficiente el tiempo ni la leche que pueda producir. Incluso ella se está secando.

Edmond pasa su ganado cerca de la sombra de un árbol. Sus pies agradecen el descanso del inclemente calor del suelo. Su frente se enfría y siente una ligera brisa, este es el único descanso que tendrá en el día. Todo el alivio se va tan rápido como llegó tan pronto vuelve al terreno abierto. La tentación de sentarse bajo el árbol es muy grande, es en la sombra donde se siente más a gusto. El árbol era grande y su sombra densa y amplia. Este árbol pudiera ser un gran lugar para aprender, para celebrar. Su escuela fue la sombra de un árbol, bajo esa sombra aprendió a leer. Edmond aprendió casi todo lo que sabe de un libro, el mismo libro del que aprendió su padre, el único libro del pueblo: El Conde de Monte Cristo. Una vieja edición con lomo de cuero que dejó un sacerdote hace muchos años. De ahí viene su nombre.

Bajo la sombra el hombre piensa, sueña y descansa; cosas que son imposibles bajo el Sol. Edmond duda, pero sabe que no hay tiempo que perder y que tiene continuar su camino. La vida de su familia depende de ello. Deja el árbol atrás y todo lo que para él significa.

Son días largos y el hambre golpea su estómago. Edmond ha sabido vivir con hambre. Cuatro veces en su vida ha comido hasta estar lleno, una de ellas cuando nació su hermana. Ese sin duda ha sido el mejor día de su vida. Fue el día en el que Edmond ganó fuerza, pues cada vez que necesita dar más de sí mismo piensa en la sonrisa de su hermana y en el futuro de su familia; en su deber. En este continente nada te hace más fuerte que el deber. Si no fuera por el deber todos los hombres pasarían los días en la sombra escapando del Sol.

El deber de Edmond en este momento es salvar a su familia, a todos. Su padre es el que siempre hace esta ruta en sequías, pero él no ha tenido la bendición de los Dioses en mucho tiempo. Cuando los soldados del gobierno de turno pasaron por el pueblo hace un par de años le cortaron un brazo, porque lo confundieron con un ladrón y otros soldados pasaron meses después con intenciones de hacer lo mismo para que no votara - no hizo falta. Sin su brazo, cuidar la plantación requería más horas, horas que tendría que robar del amanecer cuando los mosquitos vuelan con mayor libertad. Fue ahí cuando contagió la Malaria, le dijo el hombre blanco a Edmond.

Su padre se sumergió en escalofríos, dolores de cabeza y de cuerpo. Escalofríos uno detrás de otro y más dolor, mucho dolor. Lo peor era el frío en su cuerpo. Mantas y mantas de algodón arropaban a su padre bajo el Sol. Edmond pensó que su padre moriría, y eso sería mejor que sufrir el dolor por el que estaba pasando. El hombre blanco pudo curarlo luego de dos semanas en el hospital, pero nunca sería él mismo y la siembra fue más complicada sin un brazo y la fuerza que siempre había tenido para trabajar.

El cansancio se apoderó de él, su cuerpo no rendía como el gran hombre que había sido toda su vida. Pero su mente nunca perdió la fuerza. Edmond recuerda el día que su padre tiraba de una cuerda para sacar un balde de agua del pozo. Con su brazo tiraba una y otra vez hasta no poder más, hasta dejar ir el balde. Una y otra vez hasta sentir que los músculos se le rasgaban dentro de la piel y su palma sangraba. Una y otra vez hasta conseguir sacar un balde de agua del pozo para ese día. Una y otra vez cada día hasta que durara la sequía y Madre pudiera ir a la laguna a buscarla ella misma.

Hace meses fueron a la ciudad a buscar medicina. En su ausencia los pájaros langosta volaron sobre la cosecha. Sin alguien que los espantara se dieron festín. No dejaron nada, se comieron el corazón de su familia. Esta año no habría cosecha.

Su padre pensó que todo era una maldición, que la vida se le escapaba poco a poco por brujería de algún enemigo. Pero su padre no tenía enemigos. ¿Cómo tener enemigos si nunca le has hecho nada a nadie? La creencia es que cuando alguien recibe una maldición, un demonio lo persigue para hacerle daño. Para escapar a su demonio el padre de Edmond decidió dormir a la intemperie por un tiempo. No fue hace muchas semanas que despertó sintiendo la esterilla sobre la que dormía húmeda. Al saborear metal en sus labios, y pasar su mano por su rostro, pudo descubrir que estaba cubierto de sangre. La Malaria lo había debilitado, dijo el Hombre Blanco, y de su debilidad nació la tuberculosis.

Ahora su padre tiene que ir todos los días a la ciudad por una inyección, no puede viajar con el ganado. Así fue como le ordenó a Edmond darle de beber a las vacas en su ausencia, le ordenó salvar a su familia. Ya habían pospuesto este momento suficiente, darle agua a las vacas es lo único que podría salvarlas de morir de sed. Edmond esperaba que llegara el día en que se convirtiera en hombre, pero no sabía que llegaría tan rápido.

Tan pronto cae el Sol, Edmond despliega su esterilla. Cada segundo en la sombra debe ser usado para descansar. Las estrellas son su mapa, el mismo que han usado todos sus antepasados para ir de un lado a otro antes que hubieran caminos, carreteras y aviones. Las estrellas le cuentan que falta poco y mañana en la mañana llegará a la laguna. Eso lo hace sonreír. Edmond decide quedarse dormido contando sus vacas y luego las estrellas. Se irá a dormir con hambre, como lo ha hecho casi todas las noches de su vida esperando el agua y miel de la mañana siguiente.

Edmond despierta en medio del crepúsculo antes de la salida del Sol, antes del enemigo. De una de sus cantimploras vierte unas gotas de agua en su palma con las que lava su rostro de una forma ceremoniosa. Esta es la única limpieza del día. Cada gota es usada con sabiduría para limpiar su piel. Nada se desperdicia, así falten horas para llegar a la laguna.

En la distancia ve el brillo del agua. Falta poco. Con cada paso Edmond se vuelve más consciente de su sed y la ligereza de sus cantimploras, incluso apura el paso. Pero a medida que se acerca, el brillo se vuelve menos fuerte hasta desaparecer por completo. Alrededor ve desechos de elefantes y sus pisadas. Se adelanta a su ganado, corre en desesperación. La laguna está seca. Los elefantes se bebieron el agua. A sus pies Edmond no consigue sino grietas, lodo o pisadas de elefante. Sus vacas lo rodean con indiferencia, sin conocimiento de que esta tragedia significa su muerte. Sin darse cuenta, a Edmond le fallan las piernas y cae de rodillas. Entre sus manos se resbala la tierra que sostenía el agua de la laguna y de su corazón se derrama la esperanza de enorgullecer a su padre. No solo esa esperanza, toda esperanza. Está en medio del desierto con una misión imposible. Se levanta ayudándose de una de sus vacas y su mirada explora los alrededores a sabiendas que no hay una sola gota en la superficie, solo huellas de elefante que ya se han encaminado hacia la próxima fuente de agua. Es en esa dirección donde puede encontrar la salvación.

Edmond se le ocurre una idea: Ganarle a los elefantes. Él sabe a dónde se dirigen, conoce cuál es la próxima laguna, puede seguir sus huellas y ya para la noche cuando los adelante podrá leer el resto del camino en las estrellas. La laguna está a dos días más de camino. La travesía implica que llegará a ella sin agua en sus cantimploras, cualquier retraso significaría la muerte. Mientras toma una decisión, Edmond se echa a andar sin miedo alguno, solo tiene que pensar en su familia para tener la fuerza que necesita. No tiene tiempo que perder. Con un buen tramo de huellas dejadas a su espalda está más que seguro que esta es la decisión correcta, la decisión que tomaría un hombre de verdad.

El Sol llega a su punto más alto, donde puede calentarlo todo a la vez. Ninguna parte del cuerpo de Edmond está en paz, hasta la brisa quema. Él contaba a estas alturas estar con sus cantimploras llenas y refrescarse el rostro cada vez que el polvo se acumulara en su piel. Él no duda de su decisión, pero desconoce si tendrá las energías para alcanzar a completar el viaje racionando el agua que le queda. En esta tierra un solo sorbo puede ser la diferencia entre la vida y la muerte. Es un terreno que el hombre ha aprendido a dominar con lo mínimo, donde ha aprendido a coexistir con todo aquello que lo rodea. Y es que no hay otra manera: Si el hombre lo decidiera, pudiera acabar con todo y acabar con sí mismo en el camino. Hay que formar parte del ciclo. Acá el único depredador que no entiende sus límites es el Sol y del que todos tienen que esconderse. Pero no todos son parte del ciclo. Edmond escucha un par de detonaciones en la distancia, él puede reconocer cómo suena una ametralladora. Aún recuerda la noche que pasó escondido en el árbol cuando el ejército vino a buscar niños. Ese día

Edmond perdió a varios amigos que fueron raptados para pelear por los diamantes, drogas y poder de hombres hambrientos de gloria. Los que se resistieron fueron asesinados. Nunca ha olvidado que la muerte suena como una ametralladora rusa. Pero estos no son soldados, son cazadores furtivos. Edmond piensa en cambiar su ruta, pero se traga el miedo y decide continuar. En la distancia se dibujan los vehículos de hojalata que usan los cazadores, todoterreno franceses oxidados que se caen a pedazos y que alguna vez pertenecieron a hombres blancos que una vez controlaron estas tierras. Rodean a un rinoceronte caído con varios disparos en su cuello. Con una moto sierra le están cortando su cuerno. Discuten entre ellos y con binoculares buscan alrededor por más presas valiosas. El ruido de la moto sierra ahuyenta a una multitud de aves y seguro acelerará a los elefantes que saben muy bien qué implica el crujir de los huesos frente al metal.

Una parte de Edmond quiere mostrarle a los cazadores las huellas de elefantes que ha venido siguiendo para que los alcancen y los maten antes de llegar a la laguna. Pero así no funciona la naturaleza ni los cazadores. Lo mejor que puede hacer es pasar de largo ignorándolos. Edmond se aferra al viejo revolver que su abuelo se quedó de recuerdo cuando peleó en la guerra civil. Su padre se lo dio con la condición que solo lo usara si su vida dependía de ello. Su vida ahora depende de muchas cosas a las que no le puede disparar para resolver absolutamente nada. Él solo tiene un revolver con seis balas, y ellos son 6 cazadores con armas rusas y sin el más mínimo respeto por la vida. Muchos han sido soldados en su niñez y lo único que les queda es enfrentar a animales salvajes ahora que se han convertido en uno.

Edmond observa fijamente a uno de los cazadores. Todo en esta tierra se consigue aguantando tu terreno, sin importar qué tan grande o pequeño seas. Esa es la ley. Edmond pasa con sus vacas enfrente de ellos sin titubear. Sus miradas se cruzan. El miedo lo consume, pero el cazador no puede olerlo. Los demás están más ocupados pasándose unos a otros el cuerno del rinoceronte mientras el pobre animal yace muerto, despojado de toda su majestuosidad. El cuerno no será lo único que arrebatarán, pero Edmond no se quedará para ver cómo claman su recompensa y luego dejan el cadáver para los buitres y gusanos. El cazador aleja su vista de Edmond.

Edmond suspira con alivio al pasarles de largo. Luego escucha más detonaciones y, minutos más tarde, otra moto sierra. Es injusto y no es parte del ciclo. El mismo ciclo que lo tiene deshidratado en búsqueda de agua para salvar a los animales que alimentan su hogar. El mismo ciclo que dejó que las aves arrasaran con la cosecha de su familia cual langostas. El mismo ciclo que matará a su familia si no llega antes que los elefantes a la laguna. Lo único que no le ha quitado este ciclo a Edmond fue el brazo de su padre que fue cortado como el cuerno de aquel rinoceronte muerto por los verdaderos salvajes de esta tierra.

Pero del ciclo podrá pedir justicia. Cada gota de sudor valdrá la pena si ese sol nace de un amanecer. Cada ave alimentada por la cosecha lo despertará con dulces silbidos antes del calor. Y si sus vacas mueren, significa que los elefantes seguirán rondando las praderas buscando pozos de agua donde otras tribus encontrarán la fuerza que la familia de Edmond necesita en estos momentos. Pero Edmond nunca obtendrá justicia por el brazo de su padre. Ahí no hay justicia. Justicia tendrá la naturaleza, que un día se vengará por cada cuerno robado, por cada colmillo, por cada pelaje. Todo a su debido momento, por ahora Edmond solo puede sino caminar.

Igual que lee las estrellas, Edmond puede leer el suelo. Él distingue huellas de depredadores. Ya está muy lejos de la tribu y estos espacios son nuevos para él, es difícil saber con qué puede encontrarse. En tiempo de sequía los depredadores acechan hambrientos y débiles, pierden su juicio. Rara vez atacarían a un humano, pero con suficiente hambre, puede pasar lo que sea. Igual ocurre con los hombres. En las ciudades le temen a los leones, pero de ellos hay poco que temer; peligros peores están a la espera.

Los leones nunca han resultado ser peligrosos para su familia, pero no hay que dejarse engañar. Edmond conoce las historias. Miles de esclavos fueron forzados a construir kilómetros y kilómetros de vías de ferrocarril. Muchos fueron devorados bajo la protección de la noche por leones hambrientos que ya luego de haber envejecido y sido expulsados de la manada por leones más jóvenes se arriesgaban a atacar humanos agotados por el trabajo y el Sol. Pero Edmond tendría cuidado, haría una fogata. Tampoco podía hacer mucho más.

Gracias a su apuro puede alcanzar a los elefantes y tomar la delantera. Es un grupo de cincuenta, el líder es un gigante gris con un colmillo roto que los guía con firmeza. Ellos desconocen que participan en una carrera y siguen su ritmo imponente hacia su destino. El líder es un elefante viejo, de esos que saben cómo llegar a cualquier rincón donde haya estado. Si ha vivido todos estos años no ha sido por suerte, alguna pelea le habrá costado su colmillo. Su piel tiene herida de balas, ha sufrido la codicia de los cazadores y ha sobrevivido. Su trompa se ve débil: Han pasado los años y si bien tiene la fuerza para viajar, no faltará mucho para que cada vez le cueste más y más levantarla. Mientras más le cueste más profundo tendrá que adentrarse en el agua para beber, hasta que un día quede atrapado en el lodo y no pueda salir. Luego sus huesos formarán parte del cementerio de elefantes que es el fondo de una laguna seca. Edmond piensa en su padre al ver al elefante.

La velocidad le permite a Edmond tomar la iniciativa, pero también sentir su garganta más áspera y llenar sus piernas de calambres. Al llegar de nuevo la noche las estrellas le confirman su camino. Falta poco, un día más de recorrido. Luego de una hora prendiendo su fogata Edmond está cansado, sediento y hambriento. Su cuerpo no podrá soportar dos días más de esta manera. El prender la fogata se siente como un error. Todo se siente como un error excepto dormir. El cansancio lo derrota y Edmond cae dormido consciente del dolor en sus músculos producto de tanto esfuerzo. En sus sueños recuerda que se le olvidó rezar para pedir que los elefantes no lo adelantaran en su viaje mientras dormía.

En sus sueños escucha las pisadas de los elefantes y el silbido de sus trompas. Las pisadas cada vez son más ligeras, como si se alejaran. Una tras otra levantan el polvo a su alrededor hasta encontrarse en medio de una tormenta de arena. Los sonidos se sinceran y Edmond despierta escuchando ladridos de perros salvajes. Sus vacas están siendo atacadas.

Edmond coge una antorcha de su fogata y el revolver. Trata de espantar la amenaza. Pisa su última cantimplora y derrama la poca agua que le quedaba. Es una manada de perros hambrientos. Sus costillas se dibujan debajo de la piel y están tan desesperados que hasta al fuego deciden enfrentarse. Edmond agita la antorcha una y otra vez, los aleja y se vuelven a acercar. Una perro se le abalanza encima, Edmond lo golpea con la antorcha quemándole el rostro. El olor a cabellos chamuscados llega a sus narices. El animal se repliega.

Los perros deciden que Edmond no será la presa de hoy. Tres perros atacan en conjunto a una de las vacas. Edmond le quita el seguro a su revolver, apunta lo mejor que puede y dispara cuatro veces. El rebote del arma lo sorprende luego del primer disparo, se siente muy diferente de un arco. De haber practicado alguna vez en su vida hubiera acertado mejor, pero nunca hubo suficientes balas. Logra herir solo a uno de los perros y todos escapan. La vaca está herida, pero puede andar.

Edmond sabe lo crítico que es descansar. Mañana se preocupará por todo esto, por ahora tiene que dormir. Pero por más que lo intenta, la oscuridad de la noche y sus sonidos no le dejan cerrar los ojos. solo le preocupa una cosa: ya no hay más agua que beber.

La mañana siguiente es dura. La esterilla parece quemar su piel y en sus pulmones no hay sino un ardor incómodo. Edmond se quedó dormido y es despertado por el calor. Sin agua no podrá siquiera refrescar su rostro para arrancar el día. Lo peor no es eso, lo peor son los elefantes que deben haber recuperado su distancia. No hay tiempo que perder.

Hace más calor que de costumbre, o al menos ese es el sentimiento de todos los días en esta tierra mientras el Sol está en lo alto. Edmond ha bajado el ritmo para no dejar a su vaca herida atrás, pero se ha vuelto insostenible. El animal se ha rezagado mucho y cada minuto hay más distancia entre la vaca y el resto del ganado. Edmond sabe cuál es su deber, sin embargo el tener una excusa para no acelerar el paso es refrescante. Pero no, tiene que continuar. Queda un día de camino y no sabe dónde están los elefantes. Y con este andar no llegará nunca a la laguna.

Edmond decide andar al lado de su vaca y guiar desde atrás. Se siguen alejando del resto, pero aún así no acepta lo que está pasando ni lo que tiene que hacer. Él empuja a su vaca manchándose de sangre las manos y tira del pelaje para que corra a la altura de esta carrera. La vaca se queja cuando él roza sus heridas, pero no avanza mucho más. Poco a poco se va frenando hasta llegar a detenerse por completo. Edmond no tiene tiempo para esto y se aleja. A lo lejos ve la vaca herida estática en dirección al resto de la manada. No es que no quiera avanzar, es que no puede. El resto de las vacas lo sienten igual y una a una comienzan a frenarse.

Quedan dos balas. Edmond trata de no pensar demasiado lo que va a hacer por temor a acobardarse. Se devuelve hacia su vaca y le dispara entre los ojos. El animal cae con todo su peso contra el suelo. Ahora solo le queda una bala.

El resto de las vacas no reaccionan a la muerte de su compañera y deciden seguir el camino que les indica Edmond. Es él el que sufre. Su conciencia duele y no puede sino pensar en cómo esa vaca lo ha alimentado durante años. Edmond se siente egoísta, como un cazador más que rompe el ciclo. Todas sus vacas habían decidido morir juntas y él cambió eso. No le queda sino aprovechar lo que pueda de la vaca.

Saca su cuchillo rústico, pero con el primer corte se da cuenta que es imposible que con la energía que le queda pueda sacar una pieza de carne de este animal. Le hace una incisión en el cuello y llena su cantimplora de sangre de vaca. Por ahora es lo mejor que se le puede ocurrir para sobrevivir, y sabe que no es suficiente. Los primeros sorbos de sangre pasan sin problema, pero los próximos le revuelven el estómago. El líquido está caliente y él sabe de dónde viene. Edmond no tiene idea cómo ubicar a los elefantes y se le hace imposible acelerar más el paso. Su cabeza duele y le cuesta levantar los brazos. Él intenta montarse en una vaca para no tener que andar, pero ésta se frena en seco tan pronto consigue levantar los pies del suelo. Alrededor de sus vacas busca caminar entre sus sombras apoyando su peso cuando puede en los muslos desnutridos.

Su vista se nubla de a poco y la tarde se le hace eterna. El primer momento del atardecer lo aprovecha para observar al sol poniente, al gigante rojo que se esconde por hoy. No le ha dado tiempo de alcanzar la laguna. Edmond se despide del Sol, está muy seguro que esta será la última vez que vuelvan a encontrarse.

Desenrolla su esterilla una vez más, esta vez al lado de un árbol. Las ramas no le dejan ver bien las estrellas, a Edmond no le importa, le dicen justo lo que tiene que saber: que está muy cerca. Pero también sabe lo débil que está. Su cabeza se siente como si fuera a explotar, sus piernas duelen y su piel está ardiendo en medio de la oscuridad. Tiene sed, hambre y se irá a dormir sin deseo alguno de volver a despertar.

En la mañana siguiente la sombra del árbol arropa a Edmond de la luz del Sol y él no puede sino rendirse. A medida que el Sol se eleva, Edmond gira afuera de su esterilla persiguiendo la sombra llenando su cuerpo de arena, negándose a despertar. Trata de excusarse, de imaginar un futuro mejor para su familia si las cosas terminan como él cree que van a terminar. Su familia tendrá que ir a la ciudad. Su padre es un lisiado, sin su brazo podrá pedir limosnas en la calle y la gente será generosa; aquellos que tengan para dar, quienquiera que sean. Así Edmond da un giro más al norte debajo de las ramas. Su madre, su madre tiene una olla. Con esta olla ella podrá cocinar a cambio de un puñado de granos de cada pote de frijoles que prepare a lo largo del día. Con eso podrá alimentarlos a todos. Edmond piensa en su madre y se coloca boca abajo escondiendo sus ojos de la luz con su codo. Y luego piensa en su hermana y llora al imaginar lo que le espera. El Sol no está ahí para secar sus lágrimas.

Edmond viaja a sus días de escuela debajo del árbol. Donde una y otra vez recitaban el mismo libro, la misma historia y entre todas sus frases recuerda sus momentos favoritos:

En su mente es la voz de su hermana la que le narra esta historia, y Edmond se imagina su sonrisa cuando ella lee su nombre y lo mira de reojo al descubrir su origen. Esa idea le da fuerza. Se pone de pie, recoge la cantimplora y bebe. Ignora el sabor y deja que la sangre le permita recuperar un poco de energía. Se echa a andar junto a sus vacas con la misma debilidad del día anterior pero con la determinación con la que dio el primer paso al salir de su aldea. Las estrellas le indican que llegará al mediodía cuando el Sol esté en lo más alto.

Una vez más, el horizonte dibuja una laguna y mucho más. Edmond encaminado sigue su paso a la expectativa de lo que pueda desdibujar la distancia y el calor. Las huellas y los desechos a su alrededor ya le hacen saber lo que va a encontrarse. Los elefantes han llegado primero y ya están alrededor de la laguna.

La laguna está a punto de secarse y un día con cincuenta elefantes significará el fin de su última reserva de agua. Edmond perdió la carrera pero trata de acercar a sus vacas a un borde para compartir lo que resta con los elefantes. El líder de la manada las asusta. Sus vacas se alejan y están decididas a no volver a intentar siquiera pisar el lodo de la orilla. La trompa del elefante mayor sopla con intensidad y sus patas delanteras golpean el suelo, no dejará que ningún animal se acerque al laguna. Pero Edmond no es un animal, es un hombre.

Edmond le grita al elefante, lo reta, alza su puño y le exige que lo encare. Le lanza una piedra a la cabeza, se acerca a la bestia hasta estar a un paso de distancia. El elefante ruge con su trompa y se levanta en sus dos patas traseras. Su sombra arropa a Edmond por completo y él siente cómo el Sol abandona cada centímetro de su cuerpo y por su espalda lo recorre un escalofrío. La que será la voz de su hermana vuelve a sonar sutilmente en sus oídos.

«HASTA EL DÍA QUE DIOS SE DIGNE A REVELARLE SU FUTURO AL HOMBRE, TODA NUESTRA SABIDURÍA SE RESUME EN DOS PALABRAS: CONFIAR Y ESPERAR».

Edmond aguanta su terreno, desenfunda la pistola y en el momento justo dispara hacia arriba, hacia el Sol.

El elefante se intimida y sus patas delanteras se van hacia un lado, se tropieza. Todo su cuerpo se desploma y al caer levanta una nube de polvo que los envuelve a los dos al unísono de un sonido digno de un trueno. El elefante busca levantarse en medio de una total desesperación. Escapa de la presencia de Edmond y su manada lo sigue. El suelo tiembla al ritmo frenético del escape y la arena se eleva cual niebla roca.

En esta tierra, si quieres sobrevivir, cuando llega el momento justo tienes que saber si vas a matar o vas a correr. Por eso te plantas en el terreno, para demostrar que no eres de los que deciden correr, así sea cierto o no, y eso no se puede lograr con un simple disparo al aire. Lo más importante es que Edmond demostró que esta laguna es, por ahora, suya.

No fue hasta que los elefantes se alejan suficiente como para que la superficie del agua vuelva a la calma que el corazón de Edmond baja de su garganta. Cada segundo apacigua la tormenta de arena en la que se vio envuelto. Las vacas ajenas a todo conflicto agradecen la partida de los elefantes y se acercan al agua a beber con toda la calma del mundo sin saber lo que esto significa para Edmond y para su familia. Edmond deja sus cosas a un lado, descalza sus pies de sus sandalias gastadas y camina hacia dentro del agua. Ya con las rodillas sumergidas sube su mirada al cielo mientras recoge unas gotas de agua, las usa para lavar su rostro. Al terminar, Edmond limpia su cantimplora y la llena. Antes de cerrarla, bebe un sorbo.

Gracias por llegar hasta esta página.

ÍNDICE

NOTA DEL AUTOR 7
UN ROBOT ENTRA A UN BAR 9
ENANO TONY 17
LOUIE 19
MEMORIAS DE MARIO #1 23
TOKIO 25
CONEJO LUNAR 33
MEMORIAS DE MARIO #3 39
ACCIÓN 41
POLAROID 51
MEMORIAS DE MARIO #4 59
ROCANROL ROMEO 61
BBII 69
AEROPUERTO 75
EL REY Y LA ROCA 79
MEMORIAS DE MARIO #5 85
QUERIDO PETER 87
YO DEL FUTURO 91
GAME 103
MEMORIAS DE MARIO #6 117
BATMAN 119
MEMORIAS DE MARIO #7 129
BAJO LA SOMBRA DE LOS ELEFANTES 131

Printed in Great Britain
by Amazon.co.uk, Ltd.,
Marston Gate.